OG.95.

Michael Peinkofer

TEAM X TREME

MISSION 2

DIE BESTIE AUS DER TIEFE

Michael Peinkofer

TEAM X TREME

MISSION 2
DIE BESTIE AUS DER TIEFE

Mit Bildern
von Daniel Ernle

BAUMHAUS
VERLAG

ISBN 978-3-8339-3212-0

Umschlaggestaltung und Illustrationen: Daniel Ernle
Satz: Druck & Grafik Siebel, Lindlar
Gesetzt aus der DTL Documenta
Druck & Verarbeitung: CPI – Ebner & Spiegel, Ulm
Redaktion: Harald Kiesel

Die Veröffentlichung dieses Werkes erfolgt auf Vermittlung
der Autoren- und Verlagsagentur Peter Molden, Köln

Printed in Germany

Gesamtverzeichnis schickt gern:
Baumhaus Verlag GmbH
Scheidtbachstraße 23-31
D-51469 Bergisch Gladbach
www.baumhaus-verlag.de

5 4 3 2 1 09 10 11 12 2013

Prolog

Es war eine sternklare Nacht.

Den Mond, der hoch am Himmel stand, schien es gleich zweimal zu geben, so ruhig war das Wasser, in dem er sich mit den Sternen spiegelte. Doch die Stille, die sich über das Meer gebreitet hatte, wurde empfindlich gestört.

Von lauter Partymusik, die aus einem Kofferradio tönte ...

„Los, dreh noch lauter!", verlangte Andy Stevens und strich sich das lange blonde Haar aus dem Gesicht.

„Genau, lauter", pflichtete sein Freund Peter ihm bei, und auch Hanna und Sandra, die beiden Mädchen, nickten zustimmend.

„Ich weiß nicht recht." Miki Kanzakis schüttelte vorsichtig den Kopf. „Lieber nicht."

„Was soll das heißen?", fuhr Andy ihn an. „Mein Vater hat schließlich einen Haufen Geld dafür bezahlt, dass wir deinen Schrottkahn benutzen dürfen! Also dreh die Musik gefälligst lauter, wenn ich es sage!"

„Also schön. Wenn du es so willst ..." Seufzend drehte Miki den Lautstärkeregler ein bisschen nach rechts, worauf die Mädchen aufsprangen und ausgelassen zu tanzen begannen.

Miki gefiel das ganz und gar nicht.

Es machte ihm nichts aus, arbeiten zu müssen, weil sein Vater mal wieder nicht dazu in der Lage war. Aber er hatte es satt, den Diener für irgendwelche stinkreichen Typen zu machen, die nur ein paar Jahre älter waren als er.

Andy Stevens war dafür ein gutes Beispiel. Er war gerade 18 geworden, und vermutlich hatte er noch nie in seinem Leben etwas gearbeitet. Sein Vater war ein reicher englischer Fabrikbesitzer, der seinem Sohn und dessen Freunden zum Geburtstag eine Reise auf die griechischen Inseln geschenkt hatte. Da waren sie nun also, hatten die alte Segelyacht von Mikis Vater gemietet und benahmen sich wie die Superstars.

Dabei herrschte in ihren Köpfen gähnende Leere ...

„Ja, gibt's uns, Baby!", rief Andy Sandra zu, die in ihrem Bikini auf dem Vordeck Pirouetten drehte. „Komm schon!"

„Bist du bescheuert?" Abrupt blieb Sandra stehen. „Ich bin doch nicht deine Gogo-Tänzerin!"

„Nun tu ihm schon den Gefallen", rief Peter, der wie Andy

schon volljährig war und zu viel getrunken hatte. „Schließlich hat er Geburtstag. Und sein Alter gibt ihm sicher nicht gleich nochmal das Geld für eine schicke Yacht. Also, was ist?“

„Kommt gar nicht in Frage“, stimmte Hanna ihrer Freundin zu. „Wenn ihr Jungs wollt, dass wir weitertanzen, werdet ihr eure faulen Hinterteile schon bewegen müssen und mitmachen.“

„Oh neee“, stöhnte Andy.

„Komm schon“, stichelte Sandra. „Oder hast du keinen Rhythmus?“

„Hast du 'ne Ahnung“, tönte Andy. „Ich hab mehr Rhythmus als ...“

Er unterbrach sich, als die Musik aus dem Radio plötzlich verstummte. Stattdessen drang aus dem Lautsprecher ein unheimliches Rauschen und Pfeifen.

„W-was ist das?“, fragte Miki erschrocken.

„Mir egal, was das is!“, maulte Andy. „Mach die Musik wieder her, aber fix!“

Miki drehte am Regler, der den Sender einstellte – aber das Rauschen blieb. „Es geht nicht“, berichtete er. „Das Signal ist auf allen Frequenzen.“

„So 'n Quatsch!“, blaffte Peter. „Lass mich mal da ran!“

Er stieß Miki grob zur Seite und hantierte ebenfalls am Regler – das Ergebnis jedoch blieb dasselbe.

Das Rauschen dauerte an.

„Das ist kein gutes Zeichen“, sagte Miki überzeugt.

„Was?“, fragte Andy. „Wieso nich?“

„Ich habe es euch gesagt“, erklärte Miki. „Die Fischer nennen dies hier die ‚Schattenbucht'. Sie sagen, es ginge hier nicht mit rechten Dingen zu.“

„Ach, und das soll mir wohl Angst machen?“ Andy, der fast zwei Köpfe größer war als Miki, trat auf ihn zu, packte ihn am Kragen seines T-Shirts und riss ihn zu sich hoch. Die Mädchen kicherten schadenfroh. „Komm schon, Zorbas“, fuhr er ihn an, „wir haben deinem Vater ’ne Menge Kohle bezahlt, um seinen verdammten Kahn zu mieten. Also stell gefälligst die Musik wieder an, klar?“

„Ja, genau“, pflichtete Sandra ihm bei.

„Wir wollen wieder tan…!“

Weiter kam Hanna nicht.

Denn in diesem Augenblick stieß etwas von außen gegen den Rumpf der Yacht.

„Was war das?“, rief sie erschrocken.

„Was soll schon gewesen sein?“, lallte Peter. „Irgendwas is gegen das Boot gestoßen. Vermutlich Treibholz oder …“

„Das war kein Treibholz.“ Miki war überzeugt. „Das war etwas … etwas Lebendiges.“

„So ein Quatsch.“ Andy stieß den Jungen von sich, so dass er stolperte und auf die Planken fiel. „Das einzig Lebendige hier ist deine Fantasie!“

„Genau“, stimmte Sandra erneut zu, und alle lachten – als es abermals dumpf rumpelte. Und diesmal war die Erschütterung deutlich zu spüren.

Etwas hatte das Boot gerammt.

Unter Wasser …

„Hey“, zischte Peter, dem die Sache nun ebenfalls unheimlich wurde. „Was hat das zu bedeuten?“

Ein endlos scheinender Augenblick verstrich, in dem nichts zu hören war als das Rauschen aus dem Radio. Dann erneut ein schwerer Stoß – und nicht nur die Mädchen begannen laut zu schreien, sondern auch Andy und Peter.

„Das Boot! Es kippt!“, rief Hanna entsetzt, die noch einen Moment lang versuchte, auf dem Vordeck zu ba-

lancieren. Im nächsten Moment fiel sie kopfüber ins dunkle Wasser.

Den anderen gelang es noch einen Augenblick länger, sich zu halten, dann tauchte etwas aus dem Wasser auf, das groß war und grau und sich mit der ganzen Masse seines riesigen Körpers auf das Vordeck der Yacht warf, um sie zum Kentern zu bringen.

„Seht ihr das?“, schrie Andy entsetzt. „Es ist ein … ein … ein …“

Ein neuer Auftrag

Island X
24 Stunden nach Beendigung
des Einsatzes in Monte Carlo

Kyle Connor konnte es nicht fassen.

Was er bislang vom Team X-treme gesehen hatte, war allererste Wahl gewesen: Gute Ausrüstung, moderne Kommunikationsmittel, ein Hubschrauber und sogar ein Düsenjet. Wie passte es da zusammen, dass ein uraltes düsteres Gemäuer das Hauptquartier sein sollte?

Überhaupt sah die ganze Insel wenig einladend aus.

Auf dem Flug von Nizza nach Island X hatten Charlie, Race und Kami Kyle fortwährend vorgeschwärmt, wie großartig es auf der

Insel sei und was man dort alles machen könne. Was Kyle nun aber zu sehen bekam, war ziemlich enttäuschend.

Mal abgesehen von der Start- und Landebahn, die sich im Nordwesten der Insel befand, schien Island X wenig mehr als ein riesiger Felsklumpen zu sein, der 20 Seemeilen von der Küste Südenglands entfernt im Atlantik lag. Gerade so, als ob ihn eine Laune der Natur dort hingeschmissen hätte. Und das einzige Gebäude darauf war ein uraltes Haus mit unzähligen Türmchen und Erkern, das in einem Gruselfilm gut zur Geltung gekommen wäre.

Entsprechend hielt sich Kyles Begeisterung in Grenzen. „Ach du Scheiße!“, stöhnte er. „Die Hütte ist ja die reinste Ruine!“

„Leland Manor ist über zweihundert Jahre alt“, erklärte Charlie, während sie die Stufen zum Eingang hinaufstiegen. „Angeblich soll es darin spuken.“

„Was du nicht sagst.“ Kyle schnitt eine Grimasse. „Klingt ja großartig. Und in so einer Bruchbude wohnt ihr?“

„Naja“, gab Race achselzuckend zu, „von außen macht die Hütte zugegebenermaßen nicht viel her. Aber sie hat innere Werte, glaub mir. Und auf die kommt's schließlich an.“

„Ach wirklich?“ Kyle war keineswegs überzeugt. „Die Tür hat ja nicht mal ein Schloss“, stellte er fest, als sie das Ende der Treppe erreichten. Vor ihnen erhob sich ein riesiges Portal, dessen Tür aus rostigem Eisen zu bestehen schien.

„Braucht sie auch nicht“, erklärte Charlie schlicht und legte ihre Hand auf das Metall. Darauf glitt eine Abdeckung zur Seite und legte eine beleuchtete Glasplatte frei. Mit leisem Summen fuhr ein grün leuchtender Lichtstrahl über die Hand des Mädchens.

„Ich werd verrückt“, ächzte Kyle. „Ein Handflächenscanner! In so einem alten Gemäuer!“

„Identifizierung abgeschlossen und bestätigt“, erklang eine Stimme, deren Ursprung Kyle nicht ausmachen konnte. Immerhin erkannte er sie aber wieder: Die Stimme gehörte CONRAD, dem geheimnisvollen Auftraggeber des Team X-treme, den Kyle bislang noch nie zu Gesicht bekommen hatte. Entsprechend gespannt war er darauf, ihn kennenzulernen.

„Willkommen zu Hause, Charlie“, grüßte CONRAD.

„Danke, Sir. Wir haben den Neuzugang gleich mitgebracht.“

„Sehr gut“, lobte CONRAD. „Führt ihn ein wenig herum und zeigt ihm alles. Dann kommt zu mir in die Zentrale. Es gibt einen neuen Fall.“

„Verstanden, Sir“, bestätigte das Mädchen.

„Bis später.“

„Bis später, Sir.“

Daraufhin öffnete sich die Tür, und Kyle wurde klar, dass die rostige Farbe nur Tarnung war. In Wirklichkeit handelte es sich um nagelneuen Panzerstahl.

„Hast du mit dem Neuzugang etwa mich gemeint?", erkundigte sich Kyle.

„Wen sonst?", fragte Charlie dagegen. „Du bist doch neu dabei, oder nicht?"

„Das stimmt", gab Kyle zu, „aber nur, bis ich mein Gedächtnis zurückbekommen habe und wieder weiß, wer ich bin."

Das war sein Geheimnis – und zugleich seine größte Schwäche. Kyle Connor wusste nicht, wer er war. Keine seiner Erinnerungen reichte weiter zurück als ein paar Tage, als er in einer Fischerhütte in Norditalien zu sich gekommen war. Schon kurz darauf waren ihm zwei Killer auf den Fersen gewesen, ohne dass Kyle gewusst hätte, aus welchem Grund. Was auch immer es mit der Vergangenheit auf sich hatte – er wollte es herausfinden. Deshalb war er dem Team X-treme beigetreten.

„Nun wart's erstmal ab", scherzte Kami. „Am Ende gefällt es dir hier so gut, dass du gar nicht mehr fort willst."

„Darauf würde ich nicht wetten", meinte Kyle und grinste säuerlich.

Die Panzertür hatte sich inzwischen geöffnet, und sie traten ein. Das Erste, was Kyle von Leland Manor zu sehen bekam, war eine riesige Halle, deren Wände mit Teppichen und alten Gemälden behangen waren. Breite Steintreppen führten nach oben und unten.

„Dies ist die Eingangshalle", erklärte Charlie überflüssigerweise. „Die Treppe dort führt eine Etage tiefer, wo du das Kino und das Schwimmbad findest. Außerdem den Fitnessraum und die Sauna."

Kyle stutzte. „Äh – hast du grade Kino und Schwimmbad gesagt?"

„Wie schon gesagt“, versetzte Race feixend, „auf die inneren Werte kommt es an.“

„In den oberen Stockwerken“, fuhr Charlie fort, „befinden sich die Unterkünfte des Personals sowie unsere eigenen Quartiere. Mr. X ist bereits dabei, ein Zimmer für dich fertig zu machen.“

Kyle nickte. Mr. X war der ständige Begleiter des Team X-treme, ein wahrer Hüne von einem Mann, der Diener, Leibwächter, Chauffeur und Pilot in einer Person darstellte. Da er bei einem Unfall schwer verletzt worden war, trug er eine Maske, die die obere Hälfte seines Gesichts bedeckte. Und er war stumm, wie Kyle bestürzt hatte feststellen müssen …

„Und dieser Gang?“, erkundigte er sich und deutete in einen Korridor, der aus der Eingangshalle abzweigte.

„Führt zum Speisesaal und zu den Unterrichtsräumen“, antwortete Charlie.

„Was für Unterricht?“

„Vergiss nicht, dass Leland Manor offiziell eine Schule für au-

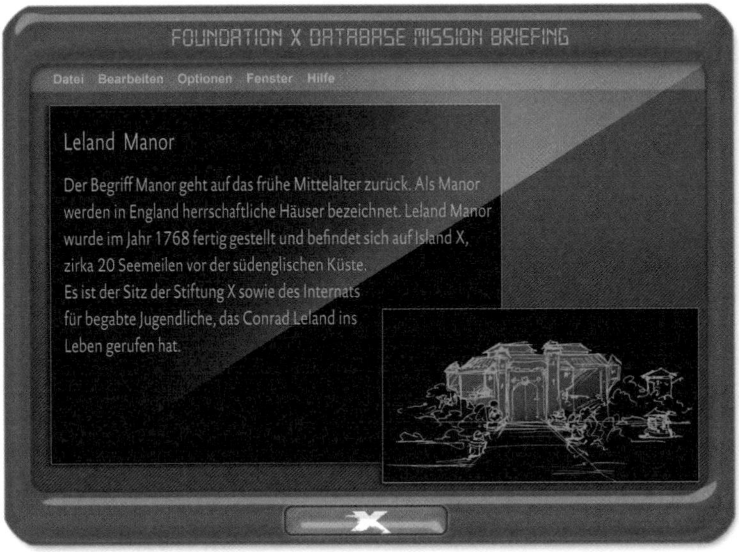

ßergewöhnlich Begabte ist“, erklärte das Mädchen. „Wir bekommen Unterricht von Privatlehrern, die allerdings nicht wissen, wer wir wirklich sind und was wir tatsächlich tun.“

Kyle musste grinsen. „Stelle ich mir lustig vor.“

„Nicht wirklich.“ Race zog ein Gesicht, als hätte er in eine Zitrone gebissen. „Die alte Grusom unterrichtet Physik und Mathe, und sie ist eine richtige Schreckschraube. Da hinten ist übrigens die Turnhalle“, wechselte er rasch das Thema. „Dort findet auch der Unterricht in Selbstverteidigung statt, den Mr. X uns erteilt. Aber da scheinst du ja keine Nachhilfe mehr zu brauchen.“

„Nein“, gab Kyle zu. Im Lauf ihres Abenteuers in Monte Carlo* hatte er festgestellt, dass er ganz offenbar über ein paar besondere Fähigkeiten verfügte. Unter anderem sprach er Italienisch, kannte sich in Spielcasinos aus und war ziemlich gut in Karate – aber er hatte keine Ahnung, wann und wo er das alles gelernt hatte. Und vor allem: von wem …

„Los, wir nehmen den Lift“, schlug Charlie vor, und zu Kyles Verblüffung hob sich einer der Wandteppiche. Darunter kamen die schimmernden Metalltüren eines Aufzugs zum Vorschein, die sich zischend öffneten.

„Hätten wir nicht auch die Treppe nehmen können?“, fragte Kyle. „Die paar Stockwerke …“

„Dass du dich da nur nicht täuschst.“ Charlie lächelte wissend, während sie in die Liftkabine traten. „Was du bislang gesehen hast, ist nur ein kleiner Teil von Leland Manor – der größte Teil davon befindet sich unter der Erde.“

„Unter der Erde?“ Kyle hob die Brauen.

„Die gesamte Insel ist von Höhlen durchzogen“, erklärte Kami, „die angeblich früher mal Piraten als Versteck gedient haben. Ziemlich krass, oder?“

---

* Team X-treme Mission 1: Alles oder nichts

„Allerdings“, konnte Kyle nur beipflichten. „Und in diesen Höhlen …“

„… befindet sich das Hauptquartier des Team X-treme“, ergänzte Charlie. „Neben einem Superrechner und einem globalen Satelliten-Kommunikationssystem sind hier auch die X-Labors untergebracht, in denen unsere Ausrüstung hergestellt wird. Außerdem gibt es unterirdische Zugänge zur Bucht und zu den Landeplätzen.“

„Nicht schlecht“, stellte Kyle fest.

Charlie wandte sich der Tastatur des Aufzugs zu und gab eine mehrstellige Nummer ein. Daraufhin schloss sich die Tür, und der Lift glitt summend in die Tiefe.

„Was hast du da grade eingetippt?“, wollte Kyle wissen.

„Der Aufzug ist durch einen Zahlencode gesichert“, erklärte Charlie. „Man muss zuerst seinen Identicode eingeben. Erst dann kann man die Stockwerkstaste drücken.“

„Ich habe aber keinen Identicode“, brachte Kyle in Erinnerung.

„CONRAD kümmert sich darum“, versicherte das Mädchen.

„Na prima.“ Kyle verdrehte die Augen. Das war bestimmt das hundertste Mal, dass er vom geheimnisvollen Auftraggeber des Team X-treme hörte. Über Funk hatte er sogar schon mit ihm gesprochen – ihn aber noch nie zu sehen bekommen. „Ich kann's kaum erwarten, den alten Knaben kennenzulernen“, sagte er.

„Keine Sorge, das wirst du“, sagte Kami und kicherte seltsam dabei. „Schon in wenigen Augenblicken …“

Der Lift blieb stehen und die Türhälften öffneten sich. Dahinter befand sich ein langer Gang, dessen Wände aus schimmerndem Metall bestanden. Ein wenig, fand Kyle, sah es aus wie in einem Science-Fiction-Film …

„Wow“, meinte er, „hier hat aber jemand aufgeräumt …“

„Die Wände bestehen aus mehrfach verstärktem Titanstahl“, erklärte Charlie.

Kyle schürzte anerkennend die Lippen. „Der gute Conrad macht keine halben Sachen, was?"

„Nein", erwiderte sie, auf eine massive Panzertür deutend. „Hier drin ist er übrigens."

„Und wie kommt man hinein?"

„Gar nicht – es sei denn, CONRAD will dich sehen."

Als wäre dies das Stichwort, öffnete sich das Panzerschott und glitt zischend zur Seite.

„Sieh an", kommentierte Kyle grinsend. „Muss wohl mein Glückstag sein."

Sie betraten den Raum, der sich jenseits des Schotts befand und bis hinauf zur Decke mit Technik vollgestopft war: metal-

lene Wände, in denen Digitalanzeigen und unzählige Dioden um die Wette blinkten; dazu konnte man das Summen der Festplatten und das leise Rauschen der Kühlanlage hören. Ein großer Plasmabildschirm nahm die Stirnseite ein.

„Willkommen in der Zentrale", sagte Charlie stolz, „dem Herzstück von Island X."

„Ich bin beeindruckt, ehrlich", gab Kyle zu, während er sich suchend umblickte. „Das ist wirklich ein Riesenrechner. Aber wo ist euer Mr. CONRAD? Mal eben pinkeln gegangen?"

„Offenbar hast du etwas nicht ganz verstanden", tadelte Charlie genüsslich.

„Wieso? Was soll's denn da zu verstehen geben?"

„Das hier *ist* CONRAD", sagte das Mädchen bestimmt.

„Was?" Kyle schnappte nach Luft.

„Du solltest mal dein Gesicht sehen!" Kami prustete los.

„Siehst aus wie 'ne Lokomotive", fügte Race lachend hinzu.

Kyle merkte, wie ihm der Zorn in die Adern schoss. „Soll das 'ne Verarsche werden?", fragte er gereizt.

„Keineswegs", antwortete eine Stimme, die Kyle sofort als die von CONRAD erkannte – allerdings konnte er den Auftraggeber des Team X-treme nirgends erblicken. „Charlie sagt die Wahrheit."

„W-wo sind Sie?", fragte Kyle, während er sich hektisch um sich selbst drehte.

„Überall – und doch nirgends", lautete die rätselhafte Antwort. „In den Schaltkreisen und Platinen um dich herum, wenn du so willst."

„Was hat das zu bedeuten?"

„Ich bin ein Avatar, mein Junge", antwortete die Stimme, die aus einem verborgenen Lautsprecher kam. Immer wenn sie sprach, zeigte der Plasmabildschirm ein Oszillogramm.

„E-ein was?"

„Ein Avatar", wiederholte CONRAD geduldig. „Ein künstliches Bewusstsein, das lediglich im Computer existiert."

„A-aber ich dachte, Conrad Leland wäre ein richtiger Mensch", wandte Kyle ächzend ein.

„Das war ich auch – bis ich bei einem feigen Mordanschlag mein Leben verlor. Was du hier siehst, ist das, was von mir geblieben ist: meine Erinnerungen, meine Erfahrungen und mein Wissen, gespeichert im Inneren dieses Computers."

Kyles Mund klappte auf und zu, ohne dass etwas herausgekommen wäre. Ganz plötzlich wurde ihm klar, weshalb CONRADs Stimme so seltsam mechanisch klang, und er begriff auch, warum Charlie und die anderen ein solches Geheimnis um ihren Auftraggeber machten. Noch nie zuvor hatte er gehört, dass es möglich war, das Bewusstsein eines Menschen in einem Computer zu speichern – aber hier war es ganz offensichtlich geschehen.

„Das heißt ich … ich spreche mit einem Toten?", folgerte er schaudernd.

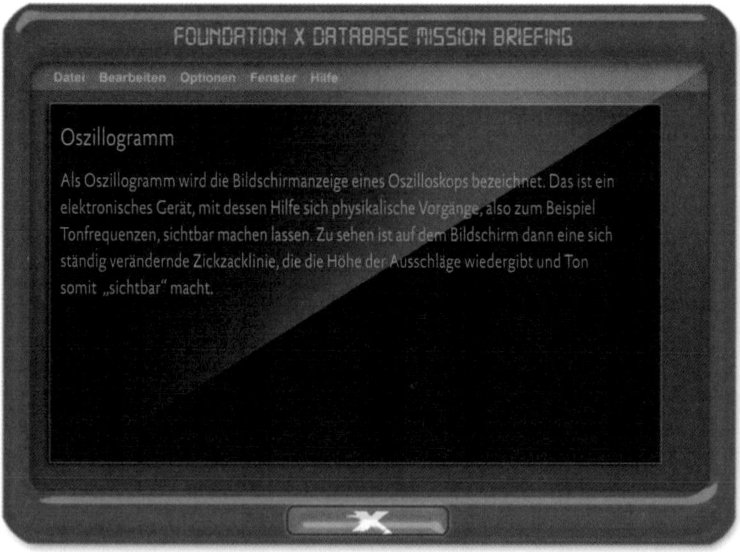

„Gewissermaßen“, stimmte CONRAD zu. „Obgleich ich durchaus in der Lage bin, eigenmächtig zu handeln und Entscheidungen zu treffen. Das Bewusstsein Conrad Lelands lebt in mir weiter, so dass ich mit einiger Berechtigung sagen kann, dass ich Conrad Leland *bin*.“

„Verrückt“, meinte Kyle.

„Auch nicht verrückter als ein Junge, der sein Gedächtnis verloren hat“, konterte der Avatar. „Ich bin ein Wesen, das nur aus seiner Erinnerung besteht – du hingegen weißt nicht, wer du bist. In gewisser Weise sind wir uns also ähnlich, zwei Seiten derselben Münze.“

Kyle nickte nachdenklich – so hatte er es noch gar nicht betrachtet …

„Sie wollten uns sprechen, Sir?“, fragte Charlie forsch.

„Allerdings“, bestätigte CONRAD. „Ich habe einen neuen Auftrag, der euch auf die Kykladen führen wird.“

„Prima“, freute sich Race und rieb sich die Hände. „Ich wollte schon immer mal nach Spanien.“

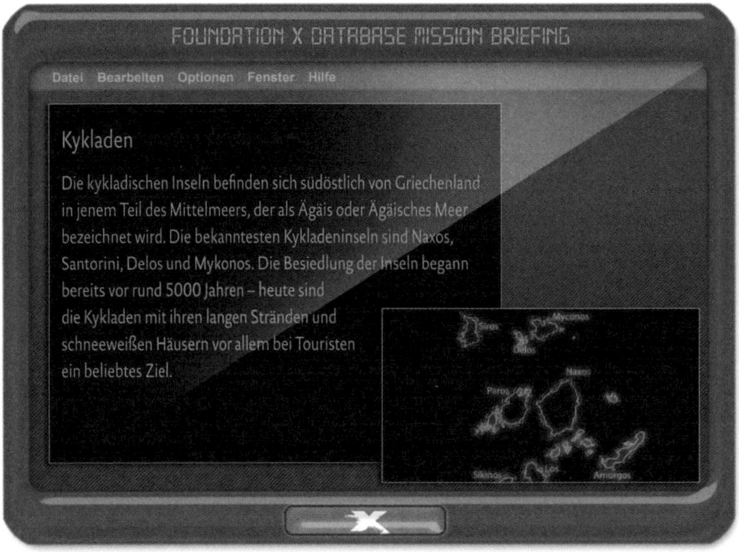

„Das sind die Kanaren, Schwachkopf“, rügte ihn Kami. „Du solltest in Mr. Browns Erdkunde-Unterricht besser aufpassen. Die kykladischen Inseln gehören zu Griechenland.“

„Danke für die Belehrung“, brummte Race.

„Gern geschehen“, flötete Kami.

„Etwa fünf Seemeilen nördlich der Insel Mykonos“, fuhr CONRAD fort, ohne auf die Sticheleien der beiden einzugehen, „ist eine mit fünf Jugendlichen besetzte Segelyacht spurlos verschwunden. Da es schon das zweite Schiff in Folge ist, das im betreffenden Gebiet verloren ging, und ein Horchposten der griechischen Marine zudem ungewöhnlich codierte Funksignale aufgefangen hat, könnte mehr als ein tragisches Unglück dahinterstecken.“

„Mehr?“, fragte Charlie. „Was genau vermuten Sie, Sir?“

„Zum Beispiel könnten Piraten für das Verschwinden der Schiffe verantwortlich sein“, mutmaßte CONRAD. „Verdächtig ist, dass die örtliche Küstenwache sich nicht für die Sache zu interessieren scheint.“

„Verstanden, Sir“, rief Race. „Also tritt das Team X-treme auf den Plan, richtig?“

„So ist es. Ihr seid auf der nächsten Maschine nach Mykonos gebucht, Mr. X wird sich um alles kümmern. Außerdem will ich euch das hier mit auf den Weg geben.“

Unterhalb des Monitors öffnete sich eine Abdeckung, und eine Schublade glitt daraus hervor, in der mehrere kleine Päckchen lagen.

„Was ist das?“, fragte Charlie.

„Sieht aus wie Kaugummi“, stellte Kami fest.

„Ist es auch“, bestätigte CONRAD, „und zwar in den Sorten Erdbeer und Pfefferminz.“

„Wow“, machte Kyle in gespielter Bewunderung. „Alle Achtung, wirklich ...“

„Für sich genommen“, fuhr CONRAD unbeirrt fort, „sind beide Geschmacksrichtungen harmlos. Zusammen jedoch ergeben sie eine ätzende Chemikalie, die sich sogar durch massives Eisen fressen kann.“

„Echt wahr?“ Race staunte.

„Es ist die neueste Entwicklung der X-Labors“, erklärte CONRAD.

„Nicht schlecht“, lobte Kami. „Da hat sich der gute Dr. Dickens ja mal wieder selbst übertroffen.“

„Wer ist denn Dr. Dickens?“, wollte Kyle wissen.

„Der wissenschaftliche Leiter der X-Labors“, erklärte Charlie. „Eigentlich heißt er Edward F. Dickens …“

„… aber wir sagen Edi zu ihm“, fügte Race hinzu.

„Weil er so niedlich ist“, erklärte Kami.

„Aha“, machte Kyle. „Und dieses Kaugummi-Zeug funktioniert?“

„Allerdings“, bekräftigte CONRAD.

„Na schön. In dem Fall steck ich gern etwas davon ein“, sagte Kyle und stopfte sich eins der Päckchen in die Hosentasche seiner Jeans. „Man weiß ja nie, was einen erwartet …“

2

Vermisst

Kommandantur der Küstenwache
Chora, Mykonos
Zur selben Zeit

Als Athina Kanzakis das Büro der Küstenwache betrat, schenkte ihr niemand Beachtung.

Die Beamten telefonierten, studierten Akten oder hämmerten auf Computertastaturen ein. Um das unscheinbare Mädchen mit dem schwarzgelockten Haar kümmerte sich niemand – bis es an einen der Schreibtische trat und sich bemerkbar machte.

„Entschuldigen Sie", sagte Athina leise, aber bestimmt.

Der Beamte, ein kleiner Mann mit angegrautem Haar, über dessen Bauch die Uniformjacke spannte, gab ein unwilliges Knurren von sich. Genervt schaute er von dem Ordner auf, in dem er geblättert hatte. „Ja?", fragte er. „Was willst du?"

„Mein Name ist Athina Kanzakis", stellte sie sich vor. „Ich bin die Tochter von Costa Kanzakis, dem Bootsverleiher unten am Pier …"

„Und?", fragte der Beamte nur.

„Ich bin auf der Suche nach meinem Bruder", erklärte Athina. „Er ist vor vier Tagen mit einer Gruppe junger Engländer in See gestochen und noch nicht zurückgekehrt."

„Und weiter?"

„Der Törn sollte nur drei Tage dauern“, erklärte Athina, „deshalb wollte ich fragen, ob Sie etwas von meinem Bruder gehört haben. Sein Schiff trägt den Namen *Phoenix* und hat die Registrierungsnummer ...“

„In den letzten Tagen haben wir keinen Notruf erhalten“, fiel ihr der Beamte barsch ins Wort. Dabei zog er eine Schublade auf, die bis zum Rand mit Schokoriegeln gefüllt war. Mit dicken Wurstfingern griff er nach einem, packte ihn aus und schob ihn sich in den Mund. „Auch keine Meldung über ein havariertes Schiff“, fügte er kauend hinzu.

„Aber es muss etwas passiert sein“, beharrte Athina verzweifelt. „Warum sonst sollte mein Bruder nicht zurückkommen?“

„Wer weiß? Vielleicht, weil sein Alter an der Flasche hängt?“

Athina schnappte nach Luft. „Was fällt Ihnen ein?"

„Ist doch wahr, Mädchen", nuschelte der Beamte mit noch immer vollem Mund. „Jeder weiß, dass der gute Costa Kanzakis dem Suff verfallen ist, und das schon seit Jahren. Wer möchte es seinem Sohn da übel nehmen, wenn er Reißaus nimmt?"

Athina biss sich auf die Lippen. Was der Mann da sagte, tat weh. Ziemlich sogar. Denn er hatte leider Recht.

Ihr Vater war tatsächlich alkoholkrank und an den meisten Tagen nicht in der Lage, die Geschäfte im Bootsverleih zu führen. Dann mussten Athina und ihr Bruder den Laden schmeißen, und als ob das noch nicht schlimm genug wäre, wurden sie von den Leuten auch noch geschnitten und blöd angeguckt. Sie waren allein und auf sich gestellt, und das war hart – trotzdem war Athina sicher, dass ihr Bruder sie niemals, niemals einfach im Stich gelassen hätte.

„Das ist eine gemeine Unterstellung!", ereiferte sie sich. „Miki würde nie so einfach abhauen!"

„Bist du dir da wirklich ganz sicher?"

„Natürlich", schnaubte sie.

„Na schön." Der Beamte hatte seinen Schokoriegel aufgegessen. Mit klebrigen Fingern griff er in ein Fach und zog ein Formular heraus, das er vor Athina auf den Tisch knallte. „Hier", brummte er. „Füll das aus."

„Was ist das?"

„Eine offizielle Vermisstenmeldung. Lass sie von deinem Vater unterschreiben. Dann nimmt alles seinen korrekten Gang."

„Und … das ist alles?", fragte Athina fassungslos. „Mehr können Sie nicht für mich tun?"

„Nein." Der Beamte schüttelte den Kopf und lehnte sich im Schreibtischstuhl zurück, der unter seinem Gewicht bedenklich ächzte. „Tut mir wirklich leid", fügte er hinzu, während er nach dem nächsten Schokoriegel griff.

„Ja, mir tut es auch leid“, sagte Athina leise.
Dann drehte sie sich um und verließ das Büro.

Gewässer vor Mykonos
8 Stunden später

„Seht euch nur das Meer an!“ Race’ Begeisterung, als er auf die tiefblaue Fläche der Ägäis blickte, die sich im hellen Sonnenlicht ausbreitete, kannte keine Grenzen. „Da möchte man doch gleich sein Surfbrett nehmen und …“

„Ich fürchte, das muss warten“, brachte Charlie ihn auf den Boden der Tatsachen zurück. „Wir sind schließlich nicht zum Vergnügen hier.“

„Schon gut“, meinte Race und zog ein bisschen trotzig seine Baseballmütze in die Stirn. Was nicht war, konnte ja noch werden – im Augenblick sah es allerdings nicht danach aus.

Gleich nach der Ankunft am Flughafen von Mykonos hatte Mr. X das Team mit einem Leihwagen zum Hafen gefahren, wo bereits ein Schiff bereitstand, das eigens für den Einsatz angemietet worden war. Die *Argo II*, so der Name, war ein geräumiges Motorschiff, das eigentlich für die Hochseefischerei ausgelegt war. Da sich an Bord ein Sonargerät befand, konnte es aber genauso gut dazu eingesetzt werden, den Meeresgrund nach versunkenen Schiffen abzusuchen. Und nach allem, was CONRAD berichtet hatte, war wohl damit zu rechnen, dass die verschwundene Yacht gesunken war …

Ein hektisches Piepen war plötzlich zu hören. Mr. X, der auf der Brücke der *Argo II* am Steuer stand, winkte ihnen zu.

„Sehr gut“, meinte Charlie.

„Wieso, was ist?“, fragte Race.

„Mr. X hat uns gerade zu verstehen gegeben, dass wir die Zielkoordinaten erreicht haben.“

„Welche Zielkoordinaten?“

„Schnallst du eigentlich gar nichts?“, fragte Kyle und fuhr mit der flachen Hand über Race’ Hinterkopf, so dass ihm die Mütze in die Stirn rutschte, was ziemlich dämlich aussah.

„He!“, beschwerte sich Race. „Hast du sie noch alle?“

„Das verschwundene Boot“, erklärte Kyle, „hatte einen automatischen Peilsender an Bord. Logischerweise beginnen wir mit unserer Suche an der Stelle, von der das Signal zuletzt gesendet wurde. Ist doch klar, oder?“

„Und das war hier?“ Race deutete über die Reling des Achterdecks. „In dieser Bucht?“

„Genau“, bestätigte Charlie. „Also gehen wir nach unten. Kami hat sich mit dem Sonargerät schon mal vertraut gemacht.“

Über die schmale Treppe, die von achtern unter Deck führte, ging sie den beiden Jungs voraus. Die *Argo II* war mit allem ausgestattet, was man brauchte, um längere Zeit auf See zu bleiben. Es gab eine Messe, wo sie essen und sich aufhalten konnten, zwei Schlafräume, ein kleines Bad und eine winzige Kombüse. Außer-

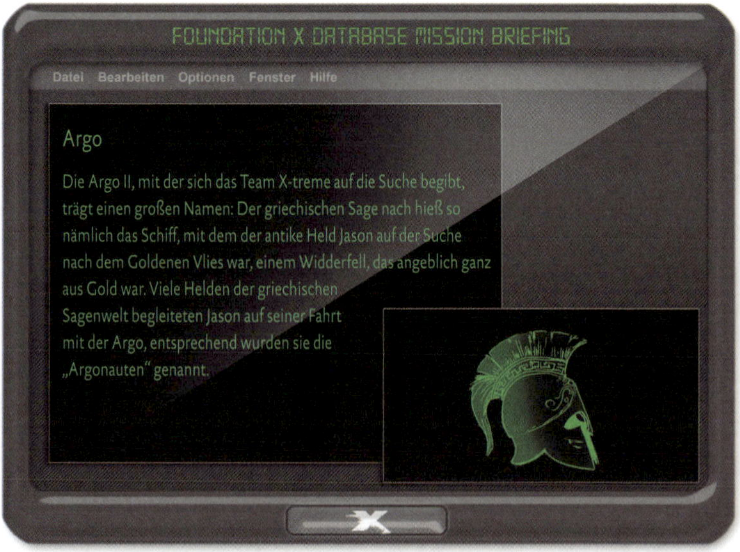

dem einen kleinen Funkraum, in dem auch das Sonar untergebracht war.

Kami, die sich für alles Technische begeisterte, hatte sich sofort nach dem Ablegen unter Deck verzogen, um das Gerät auszuprobieren – und dem Grinsen nach, das über ihrem sonnengebräunten, von blauem Haar umrahmten Gesicht lag, war sie davon ziemlich begeistert.

„Leute", berichtete sie aufgeregt, als sich die anderen zu ihr gesellten, „das ist echt der Bringer. Ein Hochleistungs-Tiefseesonar."

„So wie Delphine es haben?", fragte Race.

„Genau." Kami schaute verwundert zu ihm auf. „Woher weißt du denn das?"

„Naja“, knurrte Race mit einem angriffslustigen Blick in Kyles Richtung, „ein paar Sachen schnall ich eben doch ...“

„Das Prinzip des Sonars ist folgendes“, erklärte Kami. „Hochfrequente Schallwellen werden unter Wasser ausgesandt, die von Hindernissen zurückgeworfen werden. Auf diese Weise entsteht ein Bild der Unterwasserlandschaft, das man zur Orientierung benutzen kann, wie es auch die Delphine tun. Man kann es aber auch für die Jagd auf große Fische oder Fischschwärme einsetzen, die vom Sonar ebenfalls geortet werden. Oder man verwendet es, um so wie wir nach einem Schiffswrack zu suchen.“

„Dann mal los“, forderte Charlie sie auf. „Wir befinden uns jetzt ziemlich genau auf der Position, von der die *Phoenix* ihr letztes Peilsignal abgegeben hat. Von hier aus werden wir in immer größer werdenden Spiralbewegungen den Meeresboden absuchen. Haltet also die Augen offen.“

„Darauf kannst du dich verlassen“, versicherte Kami, während ihre Finger blitzschnell über das Bedienfeld tanzten. „Dieses Sonargerät ist wirklich ein hübsches Spielzeug. Würde riesigen Spaß machen, damit mal auf Schatzsuche zu gehen oder ...“

Sie verstummte, als das Sonar sein typisches Geräusch von sich gab – ein schrilles „Bing“, das unheimlich aus dem eingebauten Lautsprecher drang.

„Wir haben einen Kontakt“, erklärte Kami, auf den Bildschirm deutend, wo sich eine undeutliche, grün leuchtende Form abzeichnete. „Eine Erhebung auf dem Meeresgrund, eineinhalb Seemeilen westlich von hier.“

„Meinst du, das ist was?“, fragte Race.

„Ich weiß noch nicht.“ Kami zuckte mit den Schultern. „Könnte auch ein großer Felsen sein oder ...“

Wieder war das schrille Geräusch zu hören, und dann gleich noch einmal. Dabei gewann das Bild auf dem Monitor zusehends an Schärfe, und mit etwas Fantasie konnte man ...

„Negativ“, sagte Kami bestimmt. „Das ist kein Felsen, sondern ein Schiffswrack.“

„Bist du sicher?“, fragte Charlie.

„Ziemlich. Sieh dir nur die Formen an und die Abmessungen. Breite acht Fuß, Länge etwa dreißig Fuß, wobei ein Stück zu fehlen scheint.“

„Könnte das die *Phoenix* sein?“, wollte Kyle wissen.

„Schwer zu sagen“, erwiderte Kami. „Aber möglich wär's.“

„Schätze, es gibt nur einen Weg das rauszufinden, oder?“, fragte Race mit verwegenem Grinsen.

„Allerdings.“ Charlie nickte. „Kami – gib die Koordinaten des Wracks an Mr. X durch und sag ihm, dass er dort ankern soll.“

„Aye, aye, Käpt'n.“

„Race – du machst die Taucherausrüstung klar“, fuhr Charlie fort, während sie weiter auf den Bildschirm starrte, auf dem jetzt ganz deutlich die Umrisse eines Bootes zu erkennen waren. „Wir gehen runter …“

3

Ein schrecklicher Fund

Nordküste von Mykonos
Zur selben Zeit

Athina Kanzakis war wütend.

Ziemlich wütend sogar.

In der Hoffnung, dass man die Sorge um ihren verschwundenen Bruder teilte und ihr bei der Suche nach ihm half, hatte sie sich an die Küstenwache gewandt. Und was hatte sie bekommen? Einen Fetzen Papier, den sie ausfüllen sollte!

Als der dicke Beamte ihr das von seinen Schokoladenfingern klebrige Formular gegeben hatte, war Athina klar gewesen, dass es ein Fehler gewesen war, überhaupt zur Küstenwache zu gehen. Diese Leute waren nicht daran interessiert, ihr zu helfen. Wenn sie ihren Bruder finden wollte, dann musste Athina selbst nach ihm suchen – auch wenn ihre Hoffnung zusehends schwand.

Schon drei Buchten hatte sie abgesucht, ohne auch nur den geringsten Hinweis zu finden.

Wie war das möglich?

Zugegeben, die *Phoenix* war nicht das allerneuste Schiff gewesen. Hochseetauglich war sie längst nicht mehr, weswegen sie nur noch benutzt wurde, um mit Touristen vor der Insel zu kreuzen, und das auch nur in ruhigen Gewässern. Diejenigen Buchten, die für ihren geringen Seegang bekannt waren, hatte Athina bereits abgesucht. Also beschloss sie, es auch noch ein Stück weiter östlich zu versuchen, obwohl sie nicht glaubte, dass sie dort etwas finden würde. Schließlich wurde die sogenannte Schattenbucht von allen Fischern der Insel gemieden, weil es dort angeblich nicht mit rechten Dingen zuging. Athina glaubte zwar nicht an solchen Hokuspokus, aber sie wusste, dass ihr Bruder immer einen großen Bogen um die Bucht gemacht hatte. Warum also sollte es in jener Nacht anders gewesen sein?

Am Anfang des Pfads, der zwischen Steinen und kargem Gebüsch zum Strand hinunterführte, stieg Athina auf einen Felsen. Die Augen mit der Hand gegen die blendende Sonne schirmend, ließ sie ihren Blick über die Bucht schweifen.

Sie konnte einige Stücke Treibholz ausmachen, die angeschwemmt worden waren, dazu Möwen, die im Schlick nach toten Krabben und anderen Schalentieren suchten, aber sie entdeckte nicht einen einzigen Hinweis auf …

Was war das?

Im Sonnenlicht hatte Athina etwas aufblitzen sehen! Wahrscheinlich war es nur eine Glasscherbe oder anderer Abfall, den irgendein Idiot am Strand weggeworfen hatte, aber …

Da war es wieder!

Athina stand wie vom Donner gerührt. Der Lichtreflex schien von irgendetwas zu stammen, das halb in der Brandung vergraben lag und von dem nur eine kleine Ecke herausschaute.

Athina brauchte Gewissheit. Eilig rannte sie den Pfad hinab und überquerte den Sandstrand. Obwohl sie sicher gewesen war, sich die Stelle genau gemerkt zu haben, dauerte es eine Weile, bis sie sie wiederfand. Tatsächlich: Etwas ragte dort aus dem dunklen Sand, über den die rauschende Brandung strich.

Es war ein Stück dunkles Holz, das mit Metall beschlagen war – und das Athina auf unheimliche Weise bekannt vorkam …

„Nein, das darf nicht sein“, flüsterte sie, während sie das Holz mit bloßen Händen ausgrub. Dabei führte sie einen verzweifelten Wettkampf gegen die Wellen, die immer wieder anbrandeten und das Holz überspülten.

Dass ihre Kleider dabei bis auf die Haut durchnässt wurden, scherte Athina nicht. Ihr ging es nur darum, das Holz dem Meer zu entreißen, was ihr schließlich auch gelang. Erschöpft schleppte sie sich damit ein Stück den Strand hinauf, wo sie liegen blieb und es genauer in Augenschein nahm.

Kein Zweifel – es handelte sich um ein Stück von einem Schiffsrumpf! Den Bruchkanten nach befand es sich noch nicht sehr lange im Wasser, und die Farbe stimmte mit dem Anstrich der *Phoenix* überein ...

Athina zog scharf die Luft ein. War ihre Angst also begründet gewesen? War das Schiff ihres Bruders irgendwo vor der Küste auf ein Riff gelaufen und gesunken?

Plötzlich entdeckte sie inmitten der schäumenden Gischt noch ein weiteres Trümmerstück. Sie sprang auf und eilte hin, riss es aus dem Sand – und erstarrte.

Denn auf diesem Wrackteil waren mit weißer Farbe drei Buchstaben aufgemalt: N, I und X.

Die letzten Buchstaben des Namens *Phoenix*!

Damit gab es keine Zweifel mehr. Athina merkte, wie sich ihre Augen mit Tränen füllten. Verzweifelt ließ sie ihren Blick über die Bucht schweifen, in der Hoffnung, auf ein Lebenszeichen von ihrem Bruder zu stoßen.

Sie fand keines – dafür fiel ihr plötzlich etwas auf, das in dem hölzernen Bruchstück steckte. Ein keilförmiges Gebilde, das in etwa so groß war wie ihre Hand.

„Was ist denn das ...?"

Athina schleppte das Wrackteil aufs Trockene und nahm den Gegenstand genauer in Augenschein. Schließlich fasste sie sich ein Herz und zog ihn aus dem Holz. Er war gelblich weiß, von dreieckiger Form und verdammt spitz. Eigentlich, dachte Athina, sah er aus wie …

„Ein Zahn“, hauchte sie flüsternd und schaute hinaus auf die glitzernde See. „Was, in aller Welt“, fragte sie sich, „ist hier nur passiert …?“

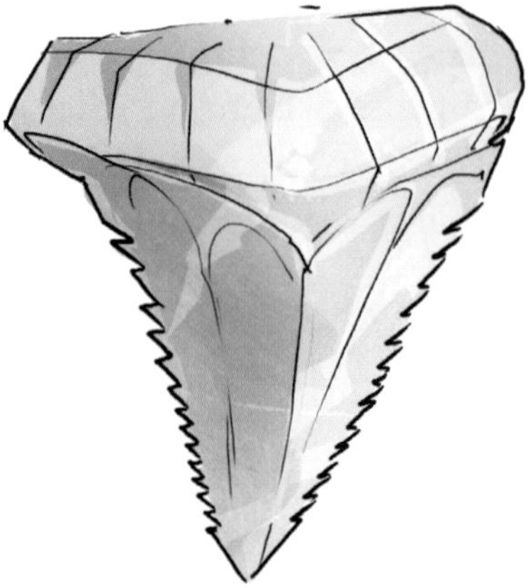

An Bord der Argo II
Zur selben Zeit

„Und was ist mit mir?“

Kyle Connor deutete auf sich selbst. Das dunkle Haar stand ihm vor lauter Empörung zu Berge.

„Was soll schon mit dir sein?“, erwiderte Charlie gelassen, während Mr. X ihr dabei half, die Pressluftflasche anzulegen. Ihre Shorts und ihr T-Shirt hatte sie bereits gegen einen Taucheranzug eingetauscht, auch die Flossen und den Bleigürtel hatte sie schon an. „Du bleibst hier.“

„Was soll das heißen?“, fragte Kyle wütend. „Ich habe ebenso eine Tauchausbildung wie du.“

„Woher willst du das wissen?“, konterte Charlie und schloss die Gurte. „Ich denke, du kannst dich an nichts erinnern?“

„Ich weiß nicht, wo und wann ich den Scheiß gelernt hab“, gab Kyle schnaubend zu, „aber ich hab’s drauf, okay? Und ich habe bestimmt nicht vor, hier auf dem Boot rumzuhocken, während ihr da unten nach dem Wrack sucht. Ich kann euch helfen.“

„Vielleicht – vielleicht auch nicht“, beschied ihm das Mädchen ungerührt. „Ehe CONRAD das nicht überprüft hat, werde ich dich auf keinen Fall tauchen lassen. Das Risiko wäre zu groß.“

Damit griff sie nach dem Tauchhelm, den Mr. X ihr reichte, wandte sich ab und ging zum Heck des Schiffs, wo sich der Ausstieg befand. Race wartete dort bereits in fertiger Tauchmontur.

„Welches Risiko?“, wollte Kyle wissen. „Deins etwa?“

„Nein.“ Charlie schüttelte das blonde Haar, das sie zu einem Pferdeschwanz zusammengebunden hatte. „Deins. Ich habe keine Lust, die ganze Mission abzublasen, nur weil wir dich vor dem Ertrinken retten müssen. Bist du so weit, Race?“

„Aye, aye“, bestätigte dieser und reckte den Daumen hoch. „Von mir aus können wir.“

„Dann los.“

„Ihr mich vor dem Ertrinken retten?“ Kyle schnappte nach Luft. „Das ist doch die Höhe!“

„Trag’s mit Fassung, Kumpel“, meinte Race, während er seinen Tauchhelm überzog und in die Halskrempe des Anzugs einrasten ließ. „So ist sie eben, unsere Charlie“, tönte es dumpf von unter dem Helm hervor – ehe er sich rücklings ins azurblaue Wasser fallen ließ. Noch einen Augenblick war sein roter Taucheranzug zu sehen, dann war er in der Tiefe verschwunden.

„Das ist ungerecht, und das weißt du“, startete Kyle einen letzten Versuch, Charlie umzustimmen. „Ich könnte euch da unten wirklich helfen.“

Sie warf ihm einen Blick zu, den er nicht recht deuten konnte, und obwohl er in diesem Augenblick stinkwütend auf sie war, musste er sich eingestehen, dass sie in dem hautengen gelben Taucheranzug und mit dem streng zurückgekämmten Haar ziemlich hammermäßig aussah …

„Ein anderes Mal vielleicht, okay?“, sagte sie – dann setzte auch sie den Helm auf und beendete damit das Gespräch.

„Okay“, erwiderte er zähneknirschend – und sah zu, wie sich auch die Anführerin des Team X-treme ins Wasser fallen ließ und darin verschwand.

Kommandantur der Küstenwache
Chora, Mykonos

Wieder hier zu sein machte keinen Spaß.

Athina Kanzakis hatte ihren letzten Besuch bei der Küstenwache in schlechter Erinnerung, und eigentlich hatte sie sich geschworen, nicht mehr zurückzukommen. Der unheimliche Fund, den sie in der Bucht gemacht hatte, hatte ihre Meinung jedoch geändert …

„Und?“, erkundigte sich der dicke Beamte, mit dem sie es schon einmal zu tun gehabt hatte, gelangweilt. „Hast du das Formular ausgefüllt und unterschreiben lassen?“

„Nein“, antwortete Athina, die sich beherrschen musste, um nicht laut zu werden.

„Dachte ich mir.“ Der Beamte grinste. „War dein Alter mal wieder so blau, dass er den Stift nicht halten konnte?“

„Von wegen“, widersprach das Mädchen. „Ich habe ihr dämliches Formular nicht ausgefüllt, weil ich mich persönlich auf die Suche nach meinem Bruder gemacht habe. Und wollen Sie wissen, was ich gefunden habe?“

„Was?“, fragte der Dicke genervt, während er die Schreibtischschublade aufzog, um sich einen weiteren Schokoriegel zu genehmigen.

„Das hier“, erwiderte Athena – und schmetterte ihren Fund mit derartiger Wucht auf den Schreibtisch, dass er im Holz der Tischplatte stecken blieb.

„W-was ist das?“, wollte der verdutzte Beamte wissen und vergaß dabei glatt, in die Schublade zu greifen.

„Naja“, antwortete Athina mit vor Aufregung bebender Stimme, „nachdem dieses Ding in einem Stück vom Rumpf der *Phoenix* steckte, würde ich sagen, es ist ein Zahn.“

„E-ein Zahn?“, ächzte der Feiste, auf das Dreieck starrend, das fast so groß war wie seine Hand.

„Allerdings“, bestätigte das Mädchen, „und zwar von einem Tier, das sehr groß und sehr gefährlich ist – und das in der Schattenbucht sein Unwesen treibt. Wie steht es?“, hakte sie nach und schaute dem Beamten mitten in sein rundes Gesicht. „Wollen Sie jetzt immer noch behaupten, das Verschwinden meines Bruders ginge Sie nichts an?“

Der Mann war blass geworden. Den Appetit auf Schokoriegel schien es ihm fürs Erste verschlagen zu haben. „I-ich weiß nicht“, stammelte er hilflos. „Ehrlich gesagt gibt es für einen solchen Fall kein Formular, und ich weiß auch nicht, ob ...“

Er verstummte, als plötzlich jemand zu ihm trat.

Es war ein Mann, der wie er die dunkelblaue Uniform der griechischen Küstenwache trug, darin allerdings viel respektgebietender aussah. Rabenschwarzes Haar und ein sorgfältig getrimmter Bart umrahmten ein schmales Gesicht, aus dem ein blitzendes Augenpaar starrte.

„Was ist hier los?", wollte er wissen.

„Kapitän Thorakis!" Der dicke Beamte wurde knallrot im Gesicht. Rasch stieß er die Schublade mit den Schokoriegeln zu und versuchte, seine eigene Uniform in Ordnung zu bringen, was allerdings herzlich wenig half.

„Ich habe gefragt, was hier los ist", wiederholte Thorakis, lauernd wie eine Schlange. Man konnte sehen, wie dem Feisten Schweißperlen auf die breite Stirn traten. Er schien vor seinem Vorgesetzten richtig Angst zu haben …

„D-diese junge Dame hier", berichtete er stammelnd, „hat ihren Bruder heute Morgen als vermisst gemeldet. Auf der Suche nach ihm hat sie diesen Zahn hier" – er zog Athinas Fund aus der Tischplatte und reichte ihn weiter – „am Strand gefunden. Ist das nicht seltsam?"

Thorakis nahm das Fundstück entgegen, drehte es in seinen Händen und betrachtete es von allen Seiten. „In der Tat, in der Tat", meinte er dann, eh er sich Athina zuwandte. „Ich bin Kapitän Thorakis, der Kommandant der örtlichen Küstenwache. Und du bist …"

„Athina Kanzakis", stellte sich Athina vor. „Meinem Vater gehört der Bootsverleih unten am Hafen."

„Ach natürlich." Der Kapitän nickte wissend. „Weißt du was, Athina?", fragte er dann. „Komm doch mit in mein Büro und erzähl mir alles, von Anfang an. Sicher können wir dir und deinem Bruder helfen. Aber dazu ist es wichtig, dass du mir alles sagst, was du weißt, hörst du? Einfach alles …"

4

Unter Wasser

Gewässer nördlich von Mykonos
16.13 Uhr Ortszeit

Es war ein bisschen wie Fliegen.

So, stellte sich Charlie vor, musste es sein, wenn man Flügel hatte wie ein Vogel und sich in die Lüfte schwingen konnte. Mit

dem Unterschied, dass es hier unten ziemlich dunkel war – und mit jedem Meter, den Race und sie weiter hinabtauchten, wurde es noch ein wenig düsterer.

Lautlos nebeneinander hergleitend drangen die beiden Taucher in die Tiefe vor, begleitet von den Sonnenstrahlen, die schräg ins Wasser fielen und sich allmählich darin verloren, und von Schwärmen kleiner Fische, die hektisch auseinanderstoben, sobald sich ihnen Menschen näherten.

Es war still unter Wasser.

Nur das eigene Atmen war zu hören und das Blubbern der Luftblasen. Charlie war ganz froh darüber, dass die Tauchhelme eine Funkverbindung besaßen …

„Junge“, ließ sich Race vernehmen, dessen Stimme sich unter Wasser anhörte, als würde er in ein Regenrohr sprechen. „Der war wirklich ganz schön sauer.“

„Wen meinst du?“, fragte Charlie.

„Kyle natürlich. Dass du ihn nicht mit auf Tauchgang genommen hast, wird er dir so schnell nicht vergessen.“

„Na und? Mir doch egal“, wehrte Charlie ab. „Wir haben Wichtigeres zu tun, als uns um sein Ego zu kümmern.“

„Kannst du auf deiner Seite schon etwas erkennen?“, wollte Race wissen.

„Noch nicht“, antwortete Charlie und schaltete ihre Unterwasserlampe an. Scharf wie ein Messer bohrte sich der Lichtstrahl in die Dunkelheit. „Da drüben ist wieder ein Schwarm Makrelen“, berichtete sie.

„Und dort zwei Delphine“, meldete Race, als zwei der Säugetiere unweit von ihnen durchs Wasser schnitten, um dann gleich wieder zu verschwinden. „Ist das klasse!“

„Hey, ihr beiden“, meldete Kami sich über Funk von der *Argo II*. „Wenn ihr die Unterwasserwelt genügend bewundert habt, solltet ihr die Nasen mal nach vorn drehen. Bis zum Grund sind es nur noch ein paar Meter. Inzwischen müsstet ihr das Wrack eigentlich sehen können."

„Wirklich?", fragte Race, während er seinerseits die Lampe anschaltete und ihren Lichtschein kreisen ließ. „Ich sehe nichts außer ..."

Er stutzte, als sich jenseits der blauen Wand, die ihn und Charlie zu umgeben schien, plötzlich dunkle Formen herausschälten. Zunächst konnte man nur ein paar Felsen erkennen. Dann eine längliche Form, die zwischen dem Gestein auf dem Meeresgrund lag und ein bisschen aussah wie ein gestrandeter Wal ...

„Doch, du hast Recht, Kami", verbesserte sich Race mit vor Aufregung heiserer Stimme. „Da ist es!"

„Wir haben Sichtkontakt!", drückte Charlie, die das Wrack ebenfalls entdeckt hatte, es ein wenig sachlicher aus. „Ich wiederhole, wir haben Sichtkontakt!"

„Und?", erkundigte sich Kami. „Wie sieht es aus? Ist es das vermisste Schiff?"

„Das lässt sich von hier oben unmöglich sagen. Wir gehen noch weiter runter."

„Verstanden."

„Also los", forderte Charlie Race auf. „Sehen wir uns mal an, woran wir sind ..."

Durch das dunkelnde Wasser sanken sie weiter in die Tiefe, dem Wrack entgegen, das dort auf dem Meeresgrund lag. Beim Näherkommen war festzustellen, dass es sich noch nicht lange dort unten befand – das Holz war gut erhalten, der Rumpf noch nicht von Algen überwuchert. Das Boot lag leicht zur Seite gedreht, und man konnte erkennen, dass es sich um eine Segelyacht gehandelt hatte. Der Mast war abgebrochen und lag ein Stückweit entfernt.

„Also, wenn du mich fragst, ist das unser Kahn", vermutete Race. „Die Position stimmt, und dem Zustand nach liegt das Ding erst seit ein paar Tagen hier."

„Ja", stimmte Charlie zu, „scheint tatsächlich das Schiff zu sein, das wir suchen. Aber warum ist es gesunken? Und was ist mit der Besatzung geschehen?"

„Ich geh näher ran und seh mir das an", kündigte Race an, während er bereits mit den Flossen schlug, um vorauszuschwimmen.

„Sei vorsichtig, hörst du?", rief Charlie ihm hinterher.

„Hey", erwiderte Race und warf ihr durch das Helmfenster ein verwegenes Grinsen zu. „Vorsicht ist mein zweiter Vorname, das weißt du doch."

An Bord der Argo II
Zur selben Zeit

Kyle war unter Deck gegangen, um zusammen mit Kami den Unterwassereinsatz am Sonar zu überwachen. Das helle Geräusch des Sonars war in regelmäßigen Abständen zu hören – und es ging Kyle ziemlich auf die Nerven.

„Sag mal, kannst du das Ding nicht abstellen?", fragte er Kami gereizt.

„Wieso, was stört dich denn daran?"

„Weiß auch nicht." Er biss sich auf die Lippen. „Irgendwie ..."

„Weißt du", beschied ihm das Mädchen, „ich glaube, du bist noch immer sauer, weil Charlie dich nicht mitgenommen hat. Stimmt's?"

„Ehrlich, diese Tante bringt mich noch um!", platzte Kyle heraus und bewies damit, dass Kami den Nagel auf den Kopf getroffen hatte. „Warum tut sie immer so, als hätte sie die Weisheit mit Löffeln gefressen?"

„Wen meinst du? Charlie?"

„Wen denn sonst?"

„Ich weiß auch nicht." Kami zuckte mit ihren schmalen Schultern. „Schätze, sie ist einfach so. Sie nimmt sich gerne ein bisschen wichtig ..."

„Das kannst du laut sagen", schnaubte Kyle.

„... aber sie ist eine gute Anführerin", fuhr Kami fort. „Und CONRAD vertraut ihr praktisch blind."

„Ist mir auch schon aufgefallen", stimmte Kyle zu. „Ich frage mich nur, warum das so ist."

„Naja", überlegte Kami, „Wahrscheinlich wegen ihrer Fähigkeit."

„Was denn für einer Fähigkeit?"

„Naja, sie ..." Kami überlegte und schien nach den passenden Worten zu suchen. „Sie hat diese Psychokiste drauf, weißt du?"

„Was denn für eine Psychokiste?" Kyle schüttelte verständnislos den Kopf.

„Sie kann sich in andere Menschen hineinversetzen", versuchte Kami es zu erklären.

„Was soll das heißen?“ Kyle feixte. „Kann sie jetzt auch noch Gedanken lesen?“

Kami musste lachen. „Nein, das nicht. Aber sie hat eine ziemlich gute Menschenkenntnis. Sie weiß oft, was Leute tun, lange bevor sie es tun. Verstehst du, was ich meine?“

Kyle schürzte die Lippen. In Monte Carlo war ihm aufgefallen, dass Charlie ihn eine ganze Weile so seltsam angesehen hatte. Vermutlich hatte sie versucht, ihn zu durchschauen – großen Erfolg schien sie dabei aber nicht gehabt zu haben, und das tröstete ihn ein wenig.

„Nein“, behauptete er. „Ich weiß nur, dass sie eine echte Nervensäge ist.“

„Naja“, meinte Kami grinsend, „das eine schließt das andere ja nicht aus, oder? Komm, hilf mir, das Sonar zu überwachen. Auf die Dauer wird es ein bisschen langweilig, immer nur dieselben …“

Sie verstummte, als von draußen ein Geräusch zu hören war.

Ding … Ding … Ding …

„Was ist das?“, fragte Kyle.

„Eine Glocke“, stellte Kami fest. „Hört sich an wie eine Boje oder so was.“

Plötzlich war außer dem Läuten auch noch eine Stimme zu hören, die heiser und brüchig klang. „Hilfe!“, schrie sie. „Bitte helft mir …!“

„Da ruft jemand um Hilfe!“, stellte Kyle fest.

„Hiiiilfeee …!“, drang es wieder herein.

„Ich seh mir das an“, kündigte Kyle an und war schon auf dem Weg zum Achterdeck. Im Laufschritt nahm er die Stufen und blickte sich nach allen Seiten um.

„Hilfe!“, tönte es wieder. „Schiff Ahoi! Helft mir …!“

Die Augen mit der Hand abschirmend, suchte Kyle das Meer ab. Da das Wasser vom Licht der allmählich untergehenden Sonne glitzerte, war es schwierig, etwas zu entdecken – aber Kyle wurde dennoch fündig. In etwa hundert Metern Entfernung entdeckte er eine Boje im Wasser, an der sich jemand verzweifelt festklammerte.

Ein Schiffbrüchiger!

„Ahoi, fremdes Schiff!“, rief er erschöpft herüber. „Bitte fahrt nicht weg! Nehmt mich mit …!“

„Mr. X“, ordnete Kyle an, „Kurs auf die Boje, volle Kraft voraus! Der arme Kerl säuft ab, wenn wir ihn nicht retten!“

Mr. X, der oben auf der Brücke am Steuer stand, nickte und ließ den Motor der *Argo II* an. Im nächsten Augenblick setzte sich das

Boot auch schon in Bewegung. Flott schnitt sein Bug durch die Wellen, der Boje entgegen.

„Hierher! Hierher ...!", schrie der Schiffbrüchige und winkte mit einer Hand, während er sich mit der anderen weiter einklammerte. „Hier bin ich ...!"

Kyle konnte jetzt sehen, dass es sich um einen Jungen von fünfzehn oder sechzehn Jahren handelte. Dem Aussehen nach war er Grieche – vielleicht ein Fischer, der über Bord gegangen war, ohne dass die anderen es bemerkt hatten.

Schon hatte die *Argo II* die Boje erreicht. Mr. X drosselte den Motor und brachte das Boot längsseits, und Kyle trat an die Reling, um den Schiffbrüchigen an Bord zu holen.

„Bitte", hauchte der Junge, der völlig erschöpft war, durchnässt und am ganzen Körper zitterte, „helft mir ..."

„Hier, meine Hand", rief Kyle und streckte ihm seine Rechte entgegen. „Kannst du sie greifen?"

„I-ich denke schon ..."

„Dann pack zu! Los, ich zieh dich an Bord!"

„O-okay ...

Zögernd ließ der Junge, der sich an die Boje geklammert hatte, als wäre sie sein wertvollster Besitz, davon ab. Kyle packte die zitternde Hand, und indem er sich gegen die Reling stemmte, gelang es ihm, den Schiffbrüchigen an Bord zu ziehen. Erschöpft landeten beide auf dem Deck.

„Na, wer sagt's denn!", stöhnte Kyle. „Das war knapp, was?"

Der fremde Junge, der zu entkräftet war, um sich von alleine aufzurappeln, schüttelte den Kopf. „Ihr müsst verschwinden", flüsterte er. „Schnell, nur fort von hier ..."

„Schon gut, Kumpel", versuchte Kyle ihn zu beruhigen, während er ihm auf die Beine half. „Jetzt bist du ja in Sicherheit."

„Nein", widersprach der Junge verzweifelt. „Wir sind hier nicht sicher! Niemand ist vor ihr sicher!"

„Vor wem?“, fragte Kyle und schaute den Jungen forschend an. „Wovon sprichst du?“

„Von der Bestie!“, antwortete der Schiffbrüchige, wobei Kyle merkte, wie sich seine Nackenhaare sträubten. „Von der Bestie aus der Tiefe ...!“

5

Eine dunkle Bedrohung

Wrack der Phoenix
16.28 Uhr Ortszeit

„So eine Scheiße!"

Der Ausruf, den Race von sich gab, klang so entsetzt, dass Charlie gleich mit erschrak.

„Was ist?", erkundigte sie sich über die Funkverbindung. Race war vorausgeschwommen, um sich die Backbordseite des Wracks anzusehen. Offenbar hatte er dort etwas gefunden …

„Der mittlere Teil des Bootes ist völlig zerstört", berichtete Race aufgeregt. „Ein Teil davon scheint sogar ganz zu fehlen!"

„Warte", kündigte Charlie an, „ich seh mir das an."

Mit ein paar kräftigen Flossenschlägen brachte sie sich auf die andere Seite des Wracks und tauchte hinab zum Grund. Lautlos glitt der Lichtkegel der Unterwasserlampe über das Wrack hinweg, das still und unheimlich auf dem Meeresboden lag. Ein leiser Schauer durchrieselte Charlie, und sie war froh, als sie Races knallroten Taucheranzug erblickte.

„Nun?", fragte sie. „Was hast du gefunden?"

„Hier", erwiderte er und deutete auf das Wrack, „sieh dir das an. Echt krass, oder?"

Charlie fand, dass das noch untertrieben war. Denn auf der Backbordseite der Yacht klaffte ein riesiges dunkles Loch!

„Naja“, meinte Race, „wenigstens wissen wir jetzt, warum der Kahn abgesoffen ist. Aber was war die Ursache?“

„Fast sieht es aus, als ob etwas die Yacht mittschiffs getroffen und den Rumpf aufgerissen hätte“, vermutete Charlie.

„Hast du einen Verdacht?“

„CONRAD sagte etwas von Piraten, weißt du noch? Vielleicht ist die Yacht beschossen worden und es hat eine Explosion gegeben.“

„Dann wäre das Holz rings um die Öffnung verbrannt“, wandte Race ein. „Ist es aber nicht.“

„Oder die Yacht wurde gerammt.“

„Wäre möglich“, gab Race zu, „aber wieso …?“

„Sieh dir mal die Kanten an“, forderte Charlie ihn auf und richtete die Lampe auf den Rand der Öffnung. „Die Planken sind nicht gesplittert, sondern von irgendetwas durchtrennt worden, das höllisch scharf gewesen sein muss.“

„Piraten waren das jedenfalls nicht, das steht fest“, stellte Race klar. „Sieht eher so aus, als hätte ein riesiges Maul in das Schiff gebissen.“

„Soll das ein Witz sein?“ Charlie schaute ihn von der Seite an. „Der Kiefer müsste fast einen Meter breit sein. Im ganzen Mittelmeer gibt es kein Tier, das so riesig ist, dass ...“

Sie verstummte, als sie plötzlich merkte, wie ein dunkler Schatten auf sie fiel, der das wenige Tageslicht, das noch in dieser Tiefe herrschte, schlagartig verlöschen ließ. Charlie stieß einen grellen Schrei aus.

„Was ist?“, fragte Race alarmiert.

„Ein riesiger Schatten", stieß Charlie entsetzt hervor, „da, direkt über uns!"

Race guckte nach oben – und lachte. „Reg dich wieder ab", beschwichtigte er. „Das ist nur die *Argo II.* Offenbar will man uns wieder aufsammeln."

„Charlie, Race?", war in diesem Moment Kamis Stimme über Funk zu hören. „Könnt ihr mich hören?"

„Ja, Kami", bestätigte Charlie. „Was gibt es?

„Kommt sofort an Bord!", verlangte Kami, und ihre Stimme hörte sich ziemlich gehetzt an. „Hört ihr? Sofort! Es gibt wichtige Neuigkeiten …"

Kommandantur der Küstenwache
Chora, Mykonos

Kapitän Thorakis saß in seinem Büro im Hauptquartier der Küstenwache. Die Tür hatte er sorgfältig hinter sich geschlossen und den Schlüssel herumgedreht. Niemand sollte wissen, was er am Telefon zu besprechen hatte.

„Und das Mädchen hatte tatsächlich einen Zahn bei sich?", fragte die Stimme aus dem Hörer, die einem alten Mann gehörte.

„Allerdings", bestätigte Thorakis mit gedämpfter Stimme, damit nichts von dem Gespräch nach draußen drang. „Sie sollten etwas vorsichtiger sein, Professor."

„Kapitän Thorakis, wir bezahlen Sie nicht dafür, dass Sie uns kluge Ratschläge erteilen, sondern damit Sie dafür sorgen, dass wir dort draußen ungestört sind. Das Beweismittel muss augenblicklich verschwinden, das ist Ihnen doch klar?"

„Das ist bereits geschehen, Professor", versicherte Thorakis. Die Hände des Kapitäns schwitzten, während sie den Telefonhörer umklammerten. „Ich habe den Zahn beschlagnahmt."

„Gut so. Und natürlich muss auch dafür gesorgt werden, dass das Mädchen nicht überall herumerzählt, was es gefunden hat. Kein Sterbenswort darf von der Sache nach draußen dringen, das ist Ihnen doch klar?“

„N-natürlich, Professor“, versicherte Thorakis. „A-aber wie stellen Sie sich das vor?“

„Das ist nicht mein Problem“, sagte der Unbekannte kalt. „Lassen Sie sich etwas einfallen. Wir verlassen uns auf Sie, Kapitän Thorakis. Haben Sie verstanden?“

„Ja“, bestätigte der Kommandant der Küstenwache, „ich habe Sie verstanden ...“ – und zum ersten Mal kam ihm der Gedanke, dass er sich vielleicht mit den falschen Leuten eingelassen haben könnte ...

An Bord der Argo II
Etwas später

Auf dem Achterdeck der *Argo II* war es still geworden. Nur noch das Plätschern der Wellen war zu hören, die gegen den Rumpf schlugen, dazu das Kreischen einzelner Möwen.

Atemlos lauschten die Mitglieder des Team X-treme dem Bericht des schiffbrüchigen Jungen. Inzwischen wussten sie, dass er Miki Kanzakis hieß und aus Chora stammte, der Hauptstadt der Insel. Allerdings stand er noch immer so unter Schock, dass es schwer war, seinen Schilderungen zu folgen. Was auch immer ihm zugestoßen war, es musste fürchterlich gewesen sein.

Vor allem Charlie konnte deutlich spüren, wie verängstigt der Junge war. „Okay, Miki“, versuchte sie ihn zu beruhigen, „nun also noch mal der Reihe nach: Deinem Vater gehörte also die *Phoenix*, richtig?“

„Genau.“ Miki nickte traurig. „Wir haben einen Bootsverleih in Chora. Aber seit Mutter uns verließ, ist Vater nicht mehr derselbe. Er trinkt zu viel und kann nicht mehr arbeiten, also springen Athina und ich für ihn ein.“

„Wer ist Athina?“, wollte Race wissen.

„Meine Zwillingsschwester.“

„War sie auch an Bord?“

„Glücklicherweise nicht.“ Miki zwang sich zu einem Lächeln.

„Wo sind die anderen?“, erkundigte sich Charlie vorsichtig. „Unseren Informationen zufolge befanden sich an Bord der *Phoenix* fünf Jugendliche …“

Die Gesichtszüge des jungen Griechen gefroren zu einer eisigen Maske. „Tot“, flüsterte er. „Alle außer mir.“

Die Teammitglieder schauten einander betroffen an. Nachdem sie das Wrack auf dem Meeresgrund gefunden hatten, hatten sie Schlimmes vermutet. Nun war aus ihrem Verdacht Gewissheit geworden.

„Was ist passiert?“, fragte Charlie sanft.

„An dem Abend“, berichtete Miki, während er trübe vor sich hin starrte, „bin ich mit der *Phoenix* rausgefahren. Ich hatte Touristen dabei – vier junge Engländer. Einer von ihnen hatte Geburtstag und wollte draußen auf See feiern.“

„Und?“, drängelte Race.

„Obwohl es heißt, dass dort unheimliche Dinge passieren, wollten sie unbedingt in der Schattenbucht kreuzen. Fanden das irgendwie spaßig.“

„Und dann?“

„Hat uns plötzlich etwas angegriffen.“

„Etwas?“ Kyle legte die Stirn in Falten.

„Es war eine Bestie“, erklärte Miki mit tonloser Stimme. „Eine Bestie aus den Tiefen des Meeres.“

„Was meinst du? Einen Hai?“

„Nein.“ Der junge Grieche schüttelte den Kopf. „Was die *Phoenix* angegriffen und zum Kentern gebracht hat, war viel größer als ein Hai.“

„Wie groß?“, wollte Kami wissen.

„Vielleicht sechs oder sieben Meter. Obwohl es ein spitzes Maul hatte und den kalten, tödlichen Blick eines Hais …“

„Das deckt sich mit den Bissspuren, die Race und ich im Wrack der *Phoenix* gefunden haben“, sagte Charlie.

„Moment mal“, verlangte Kyle, „wisst ihr auch, was ihr da redet? Ein sechs oder sieben Meter langer Hai! Sowas gibt's doch gar nicht!“

„Doch, gibt es“, versicherte Charlie. „Die Tiere der Gattung *Carcharodon carcharias* werden sogar noch größer.“

„Wer hat Karies?“, fragte Race.

„Niemand, Schwachkopf“, beschied ihm Kami. „Was Charlie meint, ist ein Weißer Hai – sie hat nur den lateinischen Fachbegriff verwendet. Wenn du statt MTV auch mal den Discovery Channel gucken würdest …“

„I-ihr meint, da unten treibt wirklich ein Weißer Hai sein Unwesen?“, fragte Race mit großen Augen.

„Es deutet einiges darauf hin“, bestätigte Charlie.

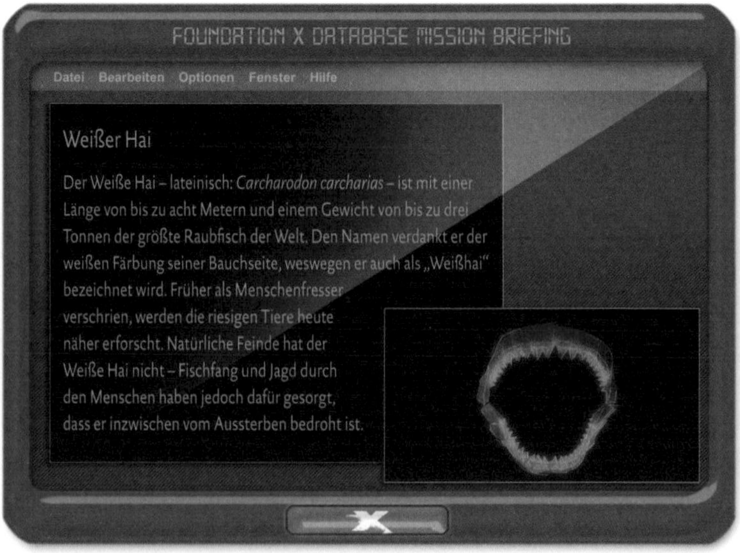

„Und anderes auch wieder nicht“, widersprach Kyle. „Das sind doch Hirngespinste! In der Ägäis gibt es gar keine Weißen Haie.“

„Doch“, widersprach Charlie, ..es sind nur so wenige geworden, dass sie praktisch als ausgestorben gelten. Und außerdem …“

„Außerdem was?“, hakte Kyle nach.

„Außerdem hat irgendetwas die *Phoenix* auf den Meeresgrund geschickt – und das, mein Lieber, ist kein Hirngesp…“

In diesem Moment trötete ein Signalhorn. Die Teammitglieder fuhren herum – und sahen ein großes Schnellboot, das direkt auf sie zuhielt.

„Sieht so aus, als bekämen wir Besuch!“, kommentierte Race.

„Das ist ein Patrouillenboot der griechischen Küstenwache“, stellte Kyle fest, der sich rasch ein Fernglas gegriffen hatte. „Was die wohl von uns wollen?“

„Schätze, das werden wir gleich erfahren“, war Kamis Meinung – und sie behielt Recht damit.

Das Schnellboot, auf dessen Vordeck ein Granatwerfer mon-

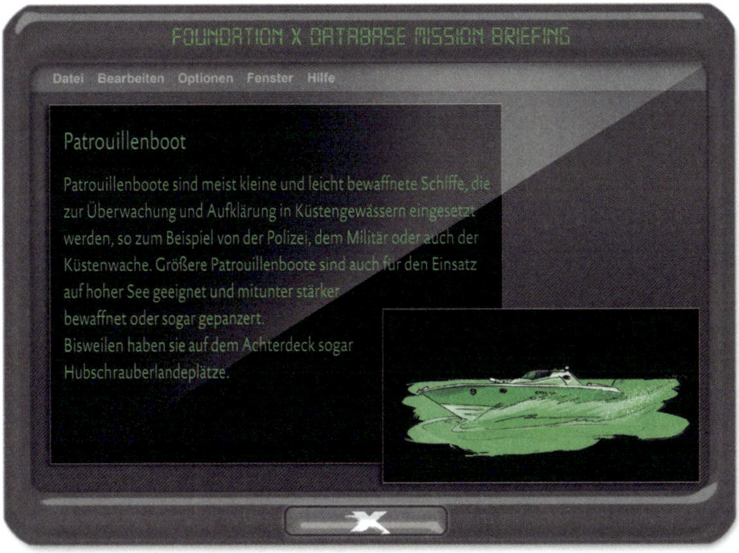

tiert war, kam noch ein Stück näher, erst dann drosselte es seine Fahrt. „Ahoi, *Argos II*", drang plötzlich eine strenge Stimme herüber, die über Lautsprecher verstärkt wurde. „Hier spricht Kapitän Leonides Thorakis von der Küstenwache! Sie kreuzen in verbotenen Gewässern!"

„Verbotene Gewässer?", fragte Kyle.

„Was erzählt der Typ für einen Schrott?", ereiferte sich Race.

„Ändern Sie augenblicklich Ihren Kurs und verlassen Sie diese Bucht", fuhr Thorakis fort. „Das ist ein Befehl!"

„Der hat uns gar nichts zu befehlen", maulte Kyle.

„Doch, hat er", widersprach Charlie. „Wir befinden uns hier in griechischen Hoheitsgewässern, vergiss das nicht."

„Aber warum dieser Aufstand?", fragte Race. „Wir haben doch gar nichts gemacht!"

„Ob die etwas von dem Hai wissen?", rätselte Kami. „Das würde erklären, warum sie uns von hier vertreiben wollen."

„Ja", stimmte Miki zu. „Vielleicht wollen sie das Biest erlegen,

bevor die Touristen davon Wind bekommen. Wäre nicht gut fürs Geschäft …“

„Ich wiederhole“, donnerte Thorakis wieder, diesmal schon ziemlich wütend. Auf dem Vordeck des Schnellboots, das sich jetzt dunkel und drohend gegen das Licht der untergehenden Sonne abzeichnete, waren die Umrisse mehrerer Gestalten zu sehen, die sich an dem Granatwerfer zu schaffen machten. „Drehen Sie sofort ab und verlassen Sie diese Gewässer, oder wir nehmen Ihr Boot unter Beschuss!“

„Hat sie der noch alle?“, fragte Race.

„Das macht der nie im Leben“, war Kyle überzeugt.

„Doch, macht er“, versicherte Miki. „Ich kenne Thorakis. Der spricht keine leeren Drohungen aus.“

„Beschossen zu werden fehlte uns gerade noch“, schnaubte Charlie und wandte sich Mr. X zu, der wie immer oben auf der Brücke stand. „Mr. X – tun Sie, was er sagt. Wir geben nach und kehren zum Hafen zurück.“

Der Mann mit der Maske bestätigte und ließ den Motor der *Argo II* an. Schon im nächsten Moment hob sich der Bug aus dem Wasser, und das Boot zog sich aus der Bucht zurück.

„Aber nur vorerst", knurrte Kyle zähneknirschend.

6

Nächtlicher Einsatz

Chora, Mykonos
Am Abend

Gegen 19.30 Uhr waren sie nach Chora zurückgekehrt.

Während die übrigen Teammitglieder Mr. X beim Aufräumen der Ausrüstung halfen, nahm Charlie über eine geschützte Satellitenverbindung Kontakt zu CONRAD auf, um ihm vom Stand der Ermittlungen berichten. Miki Kanzakis, der sich von den überstandenen Schrecken einigermaßen erholt zu haben schien, bedankte sich beim Team X-treme herzlich für seine Rettung. Dann ging er eilig nach Hause, denn sein Vater und seine Schwester sorgten sich bestimmt schon um ihn.

Obwohl es ein anstrengender Tag gewesen war, wollte noch keins der Teammitglieder zurück ins Hotel. Zu viel war geschehen, das ihnen keine Ruhe ließ, und es gab Fragen, auf die sie keine Antwort hatten.

Was hatte den Untergang der *Phoenix* tatsächlich verursacht? Und was hatte es mit der geheimnisvollen Bestie auf sich, von der Miki Kanzakis gesprochen hatte? Trieb wirklich ein Weißer Hai in den Gewässern vor Mykonos sein Unwesen? Und warum war die Küstenwache plötzlich aufgetaucht?

Da sie den Tag über noch kaum etwas gegessen hatten, beschlossen Charlie, Kyle, Race und Kami in eine der griechischen

Tavernen zu geben, die sich entlang des Hafens aneinanderreihten: An mit karierten Tüchern gedeckten Tischen saßen Touristen und aßen Fisch oder Fleisch vom Grill, während Musikanten dazu Bouzouki spielten.

Trotz des Gedränges, das um diese Zeit in den Tavernen herrschte, fand das Team einen freien Tisch und bestellte eine Grillplatte für vier Personen. Kami behauptete zwar, nach all den Schrecken des vergangenen Tages keinen Hunger zu haben, aber als sich Gyros und Co. schließlich vor ihr türmten und herrlich würzig dufteten, griff sie doch zu. Den größten Appetit allerdings hatte Race, der buchstäblich für zwei mampfte.

„Lecker", kommentierte er, „dieses Suzuki schmeckt wirklich toll."

„Souvlaki", verbesserte Kami, auf die kleinen Holzspieße mit gegrilltem Fleisch deutend. „Kannst du denn niemals an etwas anderes als an Autos denken?"

„Nö", erwiderte Race mit vollen Backen. „Aufferdem ist es mir wurfft, wie daff Zeug heifft, ffolange eff nur gut ffmeckt."

„Mann, Race", meinte Kami und verdrehte die Augen. „Manchmal bist du wirklich …"

„Na waff?", fragte der Junge, dem das Fett aus den Mundwinkeln rann, und schaute sie herausfordernd an.

„Nichts." Sie schüttelte den Kopf und seufzte. „Wisst ihr Leute, so richtig schlau werd ich aus der Sache noch immer nicht", wechselte sie dann das Thema. „Was meint ihr, gibt es da draußen wirklich einen Monsterhai?"

„Schrei noch lauter, damit es auch wirklich jeder im Restaurant mitkriegt", zischte Kyle.

„In jedem Fall", sagte Charlie mit gedämpfter Stimme, „hat etwas die Yacht versenkt und vier Menschen getötet."

„Und die Küstenwache scheint was zu wissen, sonst hätten sie uns wohl kaum aus der Schattenbucht vertrieben", fügte Kyle hinzu. „Irgendetwas stinkt ganz gewaltig an dieser Sache, das kann ich euch sagen."

„Wie lauten denn CONRADs Anweisungen?", wollte Kami wissen.

„CONRAD hat uns beauftragt, an der Sache dran zu bleiben und uns weiter umzusehen", berichtete Charlie von ihrem Gespräch mit dem Hauptquartier. „Wir sollen dabei aber vorsichtig sein. CONRAD will nicht, dass wir uns in Gefahr begeben. Wenn dieses Tier tatsächlich da draußen ist, könnte es sein, dass ..."

„Sei still, da kommt Miki", fiel Kami ihr plötzlich ins Wort, als sie unter den Gästen den jungen Griechen erblickte – schließlich sollte niemand wissen, in wessen Auftrag sie tatsächlich arbeiteten. „Hallo Miki, hier sind wir", rief sie dann und winkte.

Miki Kanzakis stand am Eingang der Taverne und schaute sich suchend um. Sein Gesicht war ernst und verkniffen. Erst als er Kami erblickte, hellte es sich ein wenig auf. „Da seid ihr ja, Freunde", rief er und kam an ihren Tisch. „Euer Mr. X hat gesagt, dass ich euch hier finden würde."

„Wieso, was ist?", fragte Kami.

„Hast du deine Schwester gefunden?", wollte Charlie wissen.

Der Junge nickte niedergeschlagen. „Allerdings."

„Sehr glücklich siehst du aber nicht grade aus", stellte Race fest, der an einem großen Stück Fleisch kaute.

„Natürlich nicht." Miki zuckte mit den Schultern. „Ich komme soeben aus dem Hauptquartier der Küstenwache. Athina sitzt dort in Untersuchungshaft."

„Was?", fragten die Teammitglieder wie aus einem Munde.

„Aus welchem Grund?", fügte Charlie hinzu.

„Einen Grund hat man mir erst gar nicht genannt", antwortete Miki niedergeschlagen. „Ich durfte nicht einmal mit ihr sprechen."

„Was für ein Blödsinn", wetterte Kyle.

„Das ist nicht in Ordnung“, pflichtete Charlie bei. „Man darf deine Schwester nicht isolieren.“

Der junge Grieche grinste freudlos. „Erzählt das den Typen von der Küstenwache.“

„Nichts lieber als das“, versicherte Kami.

„Sollen wir dich begleiten?“, fragte Charlie.

„Naja ...“ Miki nickte zaghaft. „Aber ich möchte nicht, dass ihr meinetwegen Ärger bekommt. Ihr habt schon so viel für mich getan.“

„Ach weißt du“, Race feixte, „Ärger ist sozusagen unsere Spezialität. Nicht wahr, Leute?“

„So ist es“, stimmte Charlie zu, wobei sich ihre grünen Augen zu Schlitzen verengten, wie bei einer Raubkatze kurz vor dem Sprung. „Und wir können es auf den Tod nicht ausstehen, wenn jemand ungerecht behandelt wird.“

Kommandantur der Küstenwache
Etwas später

„Ihr wollt *was*?“

Der Beamte der Küstenwache machte ein griesgrämiges Gesicht. Groß und breit wie ein Kleiderschrank hatte er sich vor den Besuchern aufgebaut, die sich jedoch nicht einschüchtern ließen.

„Wir wollen zu Athina Kanzakis“, wiederholte Charlie entschieden.

„Aha“, machte der Mann gelangweilt. „Und wer seid ihr?“

„Ich bin ihr Bruder“, stellte sich Miki vor.

„Und der Rest der Bande?“, fragte der Beamte mit missbilligendem Blick auf das Team X-treme.

„Wir sind Freunde“, erklärte Kyle, „und wir wollen uns vergewissern, dass es Athina auch gut geht.“

„So, wollt ihr das." Der Beamte schaute von einem zum anderen. „Wie stellt ihr euch das vor, ihr Grünschnäbel? Denkt ihr, ihr könnt einfach so in den Zellentrakt marschieren? Kapitän Thorakis hat eigens angeordnet, dass niemand das Mädchen besuchen soll."

„Mit Verlaub, werter Herr, das darf er nicht", erklärte Charlie mit zuckersüßem Lächeln.

„Nein?" Der Beamte hob eine buschige Braue. „Und wieso nicht?"

„Weil wir uns hier nicht mitten im Dschungel befinden, sondern in einem zivilisierten Land, und da hat jeder Mensch das Recht auf einen fairen Prozess. Außerdem ist Athina noch minderjährig."

„Was wird ihr überhaupt vorgeworfen?", wollte Kami wissen.

„Grünschnäbel", blaffte der Beamte. „Was geht euch das an?"

„Sehr viel", stellte Charlie klar, „denn was auch immer Athina Kanzakis getan hat – ich bezweifle, dass es eine Isolationshaft rechtfertigt. Wenn Sie also nicht wollen, dass wir zur Presse gehen und die Sache an die große Glocke hängen ..."

„Genau", pflichtete Race grinsend bei. „Das käme als Werbung bei den Touristen sicher nicht so gut an!"

„... sollten Sie uns jetzt unsere Freundin besuchen lassen", fuhr Charlie fort und starrte den Beamten dabei durchdringend an. „Sonst könnte es sein, dass man als Nächstes Sie in einer Zelle besuchen muss. Und das wäre doch schade, oder nicht?"

Einige Sekunden lang sagte der Mann überhaupt nichts. Seine Backen blähten sich und der Schnauzer unter seiner Nase zuckte, während er angestrengt nachzudenken schien. „Also schön", knurrte er schließlich. „Ich gebe euch fünf Minuten. Aber nicht mehr, habt ihr verstanden?"

„Klar", versicherte Race.

„Das reicht spielend", stimmte Kami zu.

Der Beamte erwiderte etwas Unverständliches, dann kam er von hinter seinem Schreibtisch hervor, griff nach dem dicken Schlüsselbund, den er an seinem Gürtel hängen hatte und der bei jedem Schritt klirrte, und schloss eine schwere, grau gestrichene Metalltür auf. „Da hinein“, brummte er.

„Danke sehr“, sagte Charlie und setzte das liebenswürdigste Lächeln auf, zu dem sie in der Lage war.

„Den Gang runter und dann rechts, die letzte Tür. Aber ich warne euch – nur fünf Minuten, verstanden? Und wenn ihr irgendwelche Tricks versucht ...“

„Keine Sorge!“, beschwichtigte Kami. „Wir sind schließlich nur ein paar Teenager. Wie gefährlich können wir schon sein?“

Statt zu antworten, warf der Beamte die Tür ins Schloss, dass es nur so donnerte. Die Teammitglieder waren froh darüber. Endlich waren sie allein.

„Mann“, flüsterte Miki, „dem habt ihr’s aber gegeben.“

„Typischer Bürohengst“, erklärte Charlie schulterzuckend. „Wenn man mit ein paar Paragraphen wedelt, verlieren die sofort die Nerven.“

Sie gingen den Korridor hinab. Das Gefängnis der Küstenwache, das im hinteren Bereich der Kommandantur untergebracht war, war ein schäbiges Gemäuer. Der Putz blätterte von den Wänden, ein paar Glühbirnen, die an nackten Kabeln von der Decke hingen, verbreiteten spärliches Licht. Zu beiden Seiten wurde der Gang von vergitterten Türen gesäumt, hinter denen sich die Zellen befanden. Allerdings waren sie alle leer. Athina Kanzakis schien die einzige Insassin zu sein.

„Schwesterchen!“, rief Miki laut. Seine Stimme hallte von der Decke wider. „Bist du da?“

„M-Miki?“, kam es leise vom Ende des Korridors zurück. „B-bist das wirklich du?“

Sie gingen schneller, und schließlich rannten sie zur letzten

Zellentür, hinter der ein Mädchen auf einer kargen Pritsche kauerte und ziemlich unglücklich aussah.

Athina …

„Hallo, Schwesterchen“, grüßte Miki erleichtert und winkte durch das Gitter. „Schön, dich zu sehen.“

Athina Kanzakis war in Mikis Alter und sah ihm auffallend ähnlich, nur dass ihr das schwarzgelockte Haar bis zu den Schultern reichte. Als sie ihren Bruder erblickte, sprang sie voller Freude auf. „Miki!“, rief sie. „Du bist am Leben!“

„Na und ob“, versicherte er grinsend.

„Aber wie …?“

„Später“, stellte Charlie klar, „dafür ist jetzt keine Zeit. Warum hat man dich eingesperrt?“, wollte sie von Athina wissen.

Das Mädchen zuckte mit den Schultern. „Wenn ich das wüsste. Als Miki nicht zurückgekommen ist, hab ich eine Vermisstenmeldung aufgegeben und an der Nordküste der Insel ein paar Nachforschungen angestellt. Dabei fiel mir dieser Zahn in die Hände …"

„Zahn?", fragte Kyle und hob die Brauen. „Was für ein Zahn?

„Ein Riesending", berichtete Athina, „fast so groß wie meine Hand. Steckte in einem Wrackteil der *Phoenix*, das ich in der Schattenbucht fand. Ich hab ihn Kapitän Thorakis gezeigt, worauf er den Zahn beschlagnahmt hat und mich verhaften ließ."

„Thorakis?", hakte Kami nach. „War das nicht der Typ, der uns heute Nachmittag besucht hat?"

„Allerdings", bekräftigte Kyle.

„Habt ihr eine Ahnung, was das zu bedeuten hat?", fragte Athina und blickte fragend von einem zum anderen. „Wer seid ihr überhaupt?"

„Auch das klären wir später", vertröstete Charlie sie. „Jetzt holen wir dich erstmal hier raus."

„Das dürfte schwierig werden. Kapitän Thorakis hat gesagt, dass …"

„Zum Henker mit Thorakis", maulte Kyle. „Der Kerl hat doch selber Dreck am Stecken."

„Meint ihr?" Athina legte die Stirn in Falten. „Inwiefern?"

„Naja", meinte Charlie, „wie's aussieht, treibt dort draußen vor der Küste ein Weißer Hai sein Unwesen, und die Küstenwache scheint das vertuschen zu wollen."

„Genau", stimmte Kami zu, während sie in eine der Beintaschen ihrer Tarnhosen griff und einen Streifen Kaugummi hervorzog, den sie auspackte und sich zwischen die Zähne schob. „Deshalb hat Thorakis auch den Zahn kassiert, und deshalb hält er dich hier widerrechtlich fest."

„Wiederrechtlich?", fragte Athina. „Aber Thorakis …"

„Jetzt vergiss doch mal den Typen", verlangte Race, der ebenfalls auf einem Kaugummi herumkaute. „Is ja nich so, dass du keine Hilfe hättest."

„Ihr nascht Süßigkeiten?", fragte Miki fassungslos. „Ausgerechnet jetzt?"

„Ja, warum nich?", fragte Kami kauend dagegen. „Schmeckt übrigens gar nicht schlecht."

„Find ich auch", stimmte Race zu.

„Also ich weiß nicht." Miki verzog missbilligend das Gesicht. „Ich dachte, ihr wollt mir dabei helfen, Athina zu bef… *Was macht ihr denn jetzt*?"

Sein Staunen schlug in Bestürzung um, als er sah, wie Race und Kami die Kaugummis aus dem Mund nahmen und an das Schloss von Athinas Zellentür klebten. Der junge Grieche schaute die Mitglieder des Team X-treme an, als hätten die den Verstand verloren. Doch plötzlich war ein leises Zischen zu vernehmen. Zu seiner Verblüffung sah Miki, dass der Kaugummi auf dem Türschloss Blasen warf. Stinkender, grünlicher Rauch stieg davon auf.

„W-was ist das?", stammelte er.

„Zauberkaugummi", erklärte Charlie. „Alleine ist jede der beiden Geschmacksrichtungen harmlos. Aber zusammen …"

„… ergeben sie eine ziemlich ätzende Mischung", ergänzte Kami, während das Zischen und der Rauch noch stärker wurden.

„D-das Zeug frisst sich durch das Metall", kommentierte Miki fassungslos, während er zuschaute, wie sich das Eisen unter dem Kaugummi auflöste. Im nächsten Augenblick sprang das Schloss der Zellentür mit leisem Klicken auf.

„Das war's. Die Tür ist offen. Los, raus aus der Zelle", verlangte Charlie.

Athina schaute Miki fragend an. „Darf ich das denn?"

„Machst du Witze?“ Race lachte auf. „Dieser Thorakis hält sich doch selbst nicht an das Gesetz.“

„Also schön, wenn ihr meint ...“ Zögernd kam sie aus der Zelle, worauf ihr Bruder sie in Empfang nahm und herzlich umarmte.

„Und jetzt?“, fragte er dann.

„Den Gang rauf und durch das Fenster nach draußen“, ordnete Kyle an. „Aber seid leise, damit dieser Typ euch nicht hört.“

„Und wenn wir draußen sind?“, wollte Athina wissen.

„Verstecken wir uns bis Sonnenaufgang“, fuhr Kyle fort. „Dann fahren wir wieder raus und sehen uns diese geheimnisvolle Bucht nochmal an. Ich weiß nicht, wie's euch geht, aber ich für meinen Teil würde diesen Hai gerne mal zu sehen bekommen.“

„Geht mir genauso“, stimmte Race zu. „Charlie?“

„Einverstanden“, sagte die Anführerin des Team X-treme, „genauso machen wir's.“

5 Seemeilen vor der Nordküste von Mykonos
Zur selben Zeit

Wie ein großes Auge stand der Mond am Himmel und blickte auf das schwarze Wasser der Bucht.

Die See war ruhig.

Sanft schaukelte das Fischerboot in den Wellen. Aus einem Radio drang leise Musik. Zwei Laternen, die am Heck des Bootes aufgehängt waren, verbreiteten gelben Schein, in dem zwei Männer auf dem Achterdeck arbeiteten.

„Vollmond", sagte der eine der beiden, während sie das Netz bereit zum Auswurf machten. „Das gibt einen guten Fang heute Nacht."

„Ich weiß nicht recht." Der andere Fischer schüttelte zweifelnd den Kopf.

„Wieso? Was hast du?"

„Es muss einen Grund dafür geben, dass in diesen Gewässern niemand fischt. Weißt du, wie sie die Bucht nennen?"

„Wie denn?"

„Die Schattenbucht. Es heißt, dass Schiffe hier spurlos verschwinden und nicht wiederkehren."

„Was du nicht sagst." Der eine Fischer, der eine dicke Zigarre im Mundwinkel hatte, deren Ende orangerot leuchtete, lachte auf. „Und von so einem Blödsinn lässt du dir Angst machen?"

„Naja, ich …"

„Ich sag dir, warum keiner außer uns hier draußen ist – weil das alles Angsthasen sind, deshalb. Aber wir lassen uns von ein paar Schauergeschichten keine Furcht einjagen, richtig?"

„Richtig", bestätigte sein Kamerad, aber es klang wenig überzeugt.

Plötzlich brach die Musik aus dem Radio ab. Die fröhlichen Klänge verstummten und wichen einem zischenden Störgeräusch, das fremd und unheimlich klang.

„He", rief der eine Fischer aufgeregt, „Was ist das?"

„Was wohl?", grunzte der andere und nahm die Zigarre aus

dem Mund. „Das alte Ding ist grade kaputtgegangen. Schöner Mist. Jetzt werden wir die ganze Nacht ohne Musik …"

Er verstummte, als etwas mit Wucht gegen das Fischerboot stieß. Das Deck wankte, die Männer verloren das Gleichgewicht und stürzten. Gischt spritzte auf und prasselte auf sie herab.

„Hilfe", rief der eine Fischer aufgebracht.

„W-was war das?", schrie der andere.

Einen Augenblick lang herrschte Stille an Bord, nur ein leises Knarren und das Rauschen aus dem Radio waren zu hören.

Dann gab es einen erneuten Schlag.

Jäh kippte das Boot zur Seite, und aus der schwarzen Tiefe schoss etwas empor, das groß war und grau und ein riesiges zähnestarrendes Maul hatte.

„Es ist ein Hai! Ein Hai …!", brüllten die Fischer aufgebracht.

Dann erlosch die Zigarre.

7

Die Bestie aus der Tiefe

Schattenbucht
8 Stunden später

Wie abgemacht hatten sie sich die Nacht über verborgen gehalten und waren bei Tagesanbruch erneut mit der *Argo II* ausgelaufen. Ihr erklärtes Ziel war es, dem Rätsel des geheimnisvollen Unterwassermonsters auf die Spur zu kommen. Als die Sonne ganz über den Horizont geklettert war und das Meer im Osten in gleißendes Licht tauchte, waren das Team X-treme und die Kanzakis-Geschwister bereits bei der Arbeit …

„Schön, da sind wir also wieder“, meinte Kami, die erneut unter Deck am Sonargerät saß, während sich die anderen hinter ihr drängten, um einen Blick auf den Monitor werfen zu können. „Ich habe die Koordinaten des Wracks in den Computer eingegeben, wir dürften also keine Probleme haben, es wiederzu…“

Unvermittelt verstärkte sich das Signal des Sonars.

„Was ist los?“, wollte Kyle wissen.

„Wir haben bereits Kontakt“, berichtete Kami, auf den Bildschirm deutend. „Hey, Moment mal – wie ist das möglich?“

„Was meinst du?“, fragte Charlie.

„Leute“, erklärte Kami und raufte sich dabei die blau gefärbten Haare, „ich weiß, es ist eigentlich unmöglich, aber … das Wrack liegt an einer anderen Stelle!“

„Was?", fragten die anderen.

„Wie soll das denn gehen?", fügte Race hinzu.

„Das weiß ich auch nicht", versicherte Kami aufgeregt, „aber es ist nicht mehr da, wo es gestern lag. Irgendwie hat es seine Position geändert."

„Blödsinn", blaffte Kyle. „Ein Wrack hebt sich nicht einfach vom Meeresgrund und spaziert davon."

„Stimmt, du hast Recht", gab Kami zu, jetzt wieder cool wie sonst auch. „Lasst mich mal was checken, Leute." Ihre Finger huschten so flink über die Tastatur, dass das Auge ihnen kaum folgen konnte. Die anderen Teammitglieder und die Kanzakis-Geschwister wechselten gespannte Blicke.

„Hier haben wir des Rätsels Lösung", verkündete Kami schließlich. „Es ist ein zweites Wrack."

„Wie bitte?", fragte Charlie.

„Ein zweites Wrack", wiederholte Kami, „das rund fünfhundert Meter von der *Phoenix* entfernt liegt – und ich bin mir ziemlich sicher, dass es gestern noch nicht da war."

„Verdammt." Miki ballte die Fäuste. „Das bedeutet, dass …"

„… dass unser Monsterfisch vergangene Nacht erneut zugeschlagen hat", brachte Kyle den Satz zu Ende.

„Wie grässlich", flüsterte Athina.

„Vermutungen helfen uns nicht weiter, wir brauchen Gewissheit", sagte Charlie entschlossen. „Race – mach die Taucherausrüstungen fertig."

Kyle schaute sie verblüfft an. „Ihr wollt runtergehen? Aber CONRAD hat gesagt …"

„Ich weiß, was er gesagt hat", versicherte Charlie. „Aber hast du einen besseren Vorschlag? Wir müssen wissen, woran wir sind."

„Dann lasst mich diesmal mit euch kommen", schlug Kyle vor. „Wenn das Biest tatsächlich auftaucht, braucht ihr Hilfe."

Charlie dachte nur einen kurzen Augenblick lang nach. „Nein", entschied sie dann. „CONRAD soll schließlich nicht das Gefühl haben, dass wir uns nicht mehr an seine Anweisungen halten. Außerdem", fügte sie lächelnd hinzu, „reicht mir ein Raubfisch voll und ganz, da bürde ich mir nicht auch noch einen zweiten auf."

Kyle erwiderte das Grinsen – aber es sah mehr aus, als würde er die Zähne fletschen. „Sehr witzig, wirklich", knurrte er.

„Immer gern." Mit einem Lächeln ließ sie ihn stehen und ging nach oben, um Race beim Vorbereiten der Taucherausrüstung zu helfen. Auch Athina und Miki enterten zum Achterdeck auf, während Kyle es vorzog, bei Kami zu bleiben.

Er hatte einmal zugesehen, wie sich die anderen auf den Tauchgang vorbereiteten, um dann an Bord bleiben zu müssen – noch einmal würde er sich das bestimmt nicht antun. Was, so fragte er sich, hatte Charlie nur davon, dass sie sich fortwährend so aufspielte? Warum ließ sie keine Gelegenheit aus, ihn bloßzustellen? Und warum, verdammt nochmal, machte ihn das so wütend? Warum war ihm nicht einfach egal, was die Tante sagte?

Auf Kamis Bildschirm leuchteten plötzlich zwei Signale auf.

„Was ist das?", fragte Kyle, der ganz dankbar war für die Ablenkung.

„Das sind Charlie und Race", erklärte Kami. „Anders als bei ihrem letzten Tauchgang tragen sie Funkpeilsender bei sich – zur Sicherheit. Auf diese Weise können wir auf dem Monitor verfolgen, wo sie sich gerade befinden."

„Verstehe." Kyle nickte.

„Bist du immer noch sauer, weil Charlie dich nicht tauchen lässt?"

„Und ob." Kyle schnaubte. „Du hast ja gehört, was sie gesagt hat. Ich bin ein Raubfisch ..."

„Naja", meinte Kami, „ein bisschen hast du dir das auch selbst zuzuschreiben. In Monte Carlo hast du schließlich nicht gerade viel Mannschaftsgeist gezeigt."

Kyle holte tief Luft – Kami hatte nicht ganz Unrecht. Bei der Jagd nach dem berüchtigten Killer Bata Clava hätte sein eigenmächtiges Handeln um ein Haar zu einer Katastrophe geführt ...

„Und wenn schon", maulte er dennoch, „das ist doch Schnee von gestern. Außerdem hat mich CONRAD wohl kaum ins Team geholt, damit ich blöd in der Gegend rumstehe. Der tote Mann vertraut mir, warum kann sie es nicht einfach auch?"

„Weil", antwortete Kami lächelnd, „Vertrauen etwas ist, das erst einmal verdient sein will ..."

Von oben war zu hören, wie Race und Charlie ins Wasser sprangen – der Tauchgang hatte begonnen. Prompt war auf dem Schirm zu sehen, wie sich die beiden leuchtenden Punkte von der *Argo II* entfernten und dem zweiten Wrack näherten.

„Okay, wir haben euch auf dem Schirm", meldete Kami über Funk. „Könnt ihr mich hören?"

„Laut und deutlich", drang die Stimme von Race etwas dumpf, aber gut verständlich aus dem Empfänger.

„Sehr gut."

„Haltet am Sonar die Augen offen", sagte Charlie. „Wenn sich das Biest nähert, müsst ihr uns warnen."

„Verstanden", bestätigte Kami, „nur keine Sorge."

„Wie weit noch bis zum Wrack?"

Kami warf einen Blick auf die Anzeigen. „Noch etwa zwanzig Meter."

„Ziemlich trübe Suppe hier unten", meldete Race. „Der Sand ist aufgewühlt und wir können kaum ..."

Seine Worte gingen in einem seltsamen Störgeräusch unter, das plötzlich aus dem Lautsprecher drang. Ein unheimliches Rauschen und Zischen.

„He, was ist das?", fragte Kami. Sie versuchte, die Frequenzen zu regulieren, aber es gelang ihr nicht – das Geräusch blieb bestehen. „Race? Charlie? Könnt ihr mich hören?"

Keine Antwort, nur das unheimliche Rauschen.

„*Argo II* an Tauchteam", versuchte Kami es noch einmal, „*Argo II* an Tauchteam, kommen ..."

Aber von Charlie und Race war nichts mehr zu hören.

Wenn sie früher getaucht war, hatte Charlie die Stille unter Wasser beruhigend gefunden – jetzt kam sie ihr drückend und unheimlich vor. Von der Dunkelheit ganz zu schweigen.

Infolge des trüben Wassers drang kaum Tageslicht herab, der Schein der Unterwasserlampen verlor sich schon nach wenigen Metern. Ein bisschen kam es Charlie vor, als würden Race und sie Blindekuh spielen, während sie lautlos in die Tiefe sanken – mit dem Unterschied, dass vielleicht irgendwo dort draußen eine gefräßige Bestie lauerte.

„Da ist ja das Wrack", meldete Race, als sich vor ihnen ein Umriss aus dem Dunkel schälte. Ein Bug war zu erkennen und ein schmaler Brückenaufbau – offenbar ein Fischerboot.

„Ich sehe es", bestätigte Charlie. „Gehen wir näher ran."

„Ver---den", erwiderte Race. Das Funksignal knackte, die Verbindung funktionierte nicht einwandfrei. Wahrscheinlich, vermutete Charlie, lag es an dem aufgewühlten Sand.

Mit kräftigen Flossenschlägen näherten sie sich dem Wrack, das tatsächlich erst seit kurzer Zeit auf dem Meeresgrund zu liegen schien. Lautlos schwebten sie darauf zu, begleitet vom Geräusch ihrer Atemzüge und der aufsteigenden Luftblasen.

„Ein Fischkutter", bestätigte Race Charlies Vermutung. „Etwas scheint ihn mittschiffs getroffen und versenkt zu haben."

„Genau wie bei der *Phoenix*", stimmte Charlie zu. „Ich sehe mir mal die Kajüte an."

„Verstanden."

Das Mädchen fasste sich ein Herz und schwamm noch ein Stück näher an das Wrack heran, um einen Blick durch eines der großen Bullaugen zu werfen. Das Glas war geborsten, und Charlie hob die Lampe, um hineinzuleuchten …

Als ihr plötzlich etwas aus der Dunkelheit entgegenschoss! Charlie gab einen spitzen Schrei von sich und ließ beinahe die

Lampe fallen – dabei war es nur ein harmloser Fisch, den sie versehentlich aufgescheucht hatte.

„Alles in Ordnung?“, fragte Race.

„Ich bin okay“, versicherte sie.

„Etwas schreckhaft, oder?“, frotzelte er. „Vielleicht hätte ich doch lieber mit Kyle …“

„Ich bin okay“, wiederholte sie, jedes einzelne Wort betonend. „Sehen wir uns lieber das Boot genauer an.“

„Aye --- Käpt’n. Ganz wie --- meinst“, bestätigte Race. Die Funkstörungen nahmen zu …

Die beiden nahmen das Brückenhaus des Wracks in Augenschein, das weitgehend unbeschädigt war, und schwammen dann weiter zum Achterdeck. Dort fanden sie ihre ärgsten Vermutungen bestätigt.

„Verdammt“, kommentierte Charlie. „Sieh dir das an! Genau wie bei der *Phoenix*.“

„Ein Stück vom Rumpf fehlt“, stellte Race fest, „so als wäre es … rausgerissen worden …“

„Abgebissen trifft es wohl besser“, meinte Charlie. „Sieh dir nur die Ränder an. Ich kann mir nicht vorstellen wie … *Aaaah*!“

„Charlie! Was ist?“, fragte Race, als das Mädchen einen gellenden Schrei ausstieß.

„Da … wie entsetzlich …“ stammelte sie, während sie geradeaus auf das deutete, was der Lichtschein der Lampe erfasst hatte.

„Oh Scheiße“, kommentierte Race.

Auf den geborstenen Planken des Kutters lag ein Turnschuh – und der Fuß des Besitzers steckte noch drin …

„Alles in Ordnung?“

Miki und Athina waren in die Funkkabine gekommen – das Rauschen, das aus dem Empfänger drang, war bis hinaus aufs Achterdeck zu hören gewesen.

„Nicht ganz“, gestand Kami. „Wir haben die Funkverbindung zu Charlie und Race verloren.“ Erneut versuchte sie, die Frequenz zu justieren, aber das Rauschen blieb. Es schien auf allen Kanälen zu sein.

„Ich kenne dieses Signal!“, rief Miki plötzlich.

„Was?“, fragte Kyle. „Woher?“

„Wir haben es in der Nacht auch gehört“, erklärte Miki atemlos, „kurz bevor die Bestie angegriffen hat.“

„Bist du sicher?“

Der junge Grieche nickte. „Das werde ich nie vergessen.“

„Da kommt etwas auf den Schirm!“, berichtete Kami aufgeregt. „Etwas ziemlich Großes! Es nähert sich Race und Charlie mit hoher Geschwindigkeit ...!“

„Her mit dem Funkgerät“, zischte Kyle und schnappte sich das Sprechteil. „Charlie, Race! Kommt sofort zurück! Sofort auftauchen, hört ihr ...?“

Wieder war nichts als Rauschen zu hören.

„Verdammt nochmal, ihr müsst auftauchen, versteht ihr nicht? Da kommt etwas auf euch zu, das ziemlich groß ist und ziemlich schnell ...“

„Das ist zwecklos, das Signal stört unseren Funkverkehr“, rief Kami.

„Verdammt“, knurrte Kyle. Er ballte die Hände zu Fäusten und starrte wie gebannt auf den Bildschirm, wo zu sehen war, wie sich ein länglicher, torpedoförmiger Körper genau auf die beiden leuchtenden Punkte zubewegte ...

„Das ist der Hai!“, schrie Athina. „Und er schwimmt genau auf sie zu ...!“

„Ich geh runter“, entschied Kyle kurzerhand.

„Was?“ Kami schaute ihn entsetzt an. „Aber Charlie hat gesagt …“

„Vergiss, was sie gesagt hat“, blaffte Kyle. „Wenn wir die beiden nicht warnen, sind sie in ein paar Minuten tot!“

Er wandte sich ab und wollte über die Stufen zum Achterdeck hinauf, doch Athina hielt ihn zurück. „Kein Tauchgang ohne Partner“, sagte sie nur. „Ich komme mit.“

„Nein, Athina!“, rief Miki entsetzt. Die Vorstellung, dass sich seine Schwester in Gefahr begab, ließ ihn kreidebleich werden. Aber Athina hatte ihre Entscheidung bereits getroffen.

„Sie haben uns geholfen, jetzt helfen wir ihnen“, sagte sie nur.

„Schön, dann komm“, meinte Kyle. „Und vergiss deine Harpune nicht.“

„Harpunen?“ Miki lachte bitter auf. „Glaub mir, mein Freund – gegen diese Bestie helfen keine Harpunen …“

8

Auge in Auge

In der Tiefe
Zur selben Zeit

Charlie und Race starrten noch immer auf den grausigen Fund, den sie auf dem Achterdeck des Wracks gemacht hatten.

„U-und wo ist der Rest von dem Typen geblieben?“, fragte Race.

„Die Frage erübrigt sich wohl“, antwortete Charlie. „Lass uns zur Oberfläche zurückkehren und den anderen berichten. Jetzt wissen wir, was wir wissen wollten.“

„Du --- Recht“, bestätigte Race – um plötzlich scharf Luft zu holen. „He, wo kommt --- dieser dunkle Schatten her?“

„Keine Panik“, wollte Charlie ihn beruhigen, „das ist sicher die Argos II, die uns ...“

„Von wegen!“, brüllte Race so laut in das Mikrofon des Helmfunks, das es sich krachend überlud. „Das ist dieser verdammte Riesenfisch! Er --- tatsächlich! Ich --- ihn sehen!“

„Was? Wo?“, rief Charlie und schaute sich erschrocken um – da war nichts als dunkelblaue Tiefe.

„Da!“, brüllte Race und deutete mit dem Finger geradeaus. „Er kommt --- auf uns zu!“

Charlie schaute in die angezeigte Richtung – und erstarrte. Denn tatsächlich schälten sich in diesem Moment die furchterregenden Formen eines riesigen Fischs aus dem Dunkel.

Das Tier mochte um die fünf Meter lang sein. Auf dem Rücken seines torpedoförmigen Körpers erhob sich eine bedrohlich aussehende Dreiecksflosse, aus dem spitz zulaufenden Kopf starrten kalte schwarze Augen. Die Brustflossen, die seitlich aus dem mächtigen Körper ragten, wirkten wie Flügel, auf denen der Riesenfisch durch das Wasser glitt. Am grässlichsten jedoch waren die Zähne, die durch das halb geöffnete Maul zu erkennen waren – rasiermesserscharfe, dreieckige Hauer, die in der Lage waren, sogar einen Schiffsrumpf zu zerbeißen.

Damit waren auch die letzten Zweifel ausgeräumt.

Es war ein Weißer Hai!

Für einige Augenblicke waren Charlie und Race wie erstarrt vor Schreck – Zeit, die der Raubfisch nutzte, um sich mit kräftigen

Schwanzschlägen weiter zu nähern. Und im nächsten Moment hatte er sie erreicht!

Charlie konnte nicht anders, als einen heiseren Schrei auszustoßen, als sie das halb geöffnete Mail auf sich zukommen sah – dann ergriff sie rasch die Flucht.

„Charlie!“, brüllte Race, der sich ebenfalls erst im letzten Augenblick in Sicherheit bringen konnte. Durch die Öffnung im Rumpf des Wracks schwamm er ins Innere des Kutters und versteckte sich.

„Bin okay“, meldete die Anführerin des Team X-treme zu seiner Erleichterung.

„Verdammt, was für ein Riesending“, hauchte Race atemlos.

„Kannst du --- sagen.“

„Wo bist du im Augenblick?“

„Im Deckhaus“, erwiderte Charlie, „aber --- wohl nur eine Frage der Zeit --- er mich … Oh nein!“

„Was ist?“, wollte Race wissen.

„Er hat mich gesehen!“, meldete das Mädchen entsetzt.

„Die Lampe!“, schrie Race. „Mach das Ding aus!“

Aber das Mädchen war nicht mehr in der Lage zu handeln. „Er greift wieder an!“, meldete es panisch. „Er --- auf mich zu …!“

„Ich komme!", versprach Race wild entschlossen – und schwamm aus seinem Versteck. Sofort sah er den Hai, der tatsächlich das kleine Brückenhaus des Fischkutters umkreiste, in das sich Charlie geflüchtet hatte. Plötzlich griff die Bestie an! Mit der spitzen Schnauze bohrte sie in eines der Fenster, deren Glas daraufhin zersprang. Charlie wich so weit zurück, wie sie konnte, aber die mörderischen Zähne des Hais waren nur eine Armlänge von ihr entfernt.

„Race! Ich --- hilf mir!"

„Bin unterwegs", verkündete der Junge unerschrocken und schwenkte seine Unterwasserlampe, die er zunächst ausgeknipst und nun wieder angeschaltet hatte. „Siehst du das?", schrie er dazu, als könnte das Tier ihn hören. „Da, komm her, du Mistvieh!"

Tatsächlich ließ der Hai von seinem Opfer ab. Angelockt wohl weniger von dem Lichtschein als vielmehr von den hektischen Bewegungen, die Race machte, wechselte er die Richtung und schoss auf den Jungen zu. Dabei riss er weit das Maul auf – und Race schleuderte kurzerhand die Lampe hinein.

„Hier – statt Schnitzel!"

Reaktionsschnell ließ er sich nach hinten fallen, um der Attacke so zu entgehen, aber der Sog, der den Riesenfisch begleitete, war so gewaltig, dass er Race ein Stück mitriss. Der Junge wurde durchs Wasser gewirbelt und wusste für einen Moment nicht mehr, wo oben war und wo unten. Indem er sich an seinen Luftblasen orientierte, die senkrecht emporstiegen, gewann er die Orientierung zurück. Sein nächster Blick galt dem Hai, in dessen Schlund die Unterwasserlampe verschwunden war – und der wenig Freude an dieser unerwarteten Zwischenmahlzeit zu haben schien. Wütend kaute er und schlug mit dem Schwanz – dann kam das Untier auch schon zurück!

Race schlug mit den Beinen, aber er war zu langsam. Plötzlich war jemand neben ihm, eine Gestalt in einem gelben Taucheranzug, die ihn packte und wegzog.

Charlie!

„Rasch, unter Deck“, zischte sie und beide schlugen so rasch sie nur konnten mit den Flossen. Durch das Loch im Rumpf flüchteten sie sich erneut ins Innere des Wracks.

Aber diesmal war der Hai hinter ihnen her!

„Da kommt er!“, schrie Race – und im nächsten Moment bohrte sich die spitze Schnauze des Riesenhais in die Öffnung. Die Holzplanken, die der Wucht des Angriffs nicht gewachsen waren, gaben berstend nach. „Achtung, Charlie! Er bricht durch!“

„Hilfe ...!“

Sie schlugen wie wild mit den Flossen, um sich in die hinterste Ecke der Kajüte zu flüchten, während der Fisch ihnen dicht auf den Fersen war – und mit ihm die messerscharfen Zähne!

Verzweifelt versuchten sie, das andere Ende der Kajüte zu erreichen, wo sich der Aufgang zum Deck befand – aber die Tür war verschlossen und von außen verriegelt!

„Verdammt!“, schrie Race, während er mit aller Kraft daran rüttelte – vergeblich.

Sie saßen in der Falle, und der Hai kam auf sie zu!

„Vorsicht, Charlie! Er hat dich gleich!“

„Nein, bitte nicht“, flehte das Mädchen.

„Charlie ...!“

Das Riesenmaul hatte sie eingeholt, sie starrten in den grässlichen Schlund. Gleich würde er zuschnappen und dann ...

Plötzlich zuckte der Hai zurück.

Von einem Augenblick zum anderen schien er das Interesse an den beiden Tauchern verloren zu haben, so als hätte etwas anderes seine Aufmerksamkeit erregt. Als sich der Hai unter wütenden Flossenschlägen wieder aus der Öffnung befreite, in die er sich wie ein Geschoss gebohrt hatte, sahen Charlie und Race auch den Grund dafür: Ein Harpunenpfeil, der in seinem Schwanz steckte!

„Was ...?“, wollte Race verwirrt fragen, als eine vertraute Stimme aus dem Empfänger des Helmfunks drang.

„Los ihr beiden! Raus!“

„Kyle?“, fragte Charlie ungläubig. „Aber wie ...?“

„Fragt nicht lange!“, gab der Junge zurück, der sich offenbar

ihrer Anweisung widersetzt hatte und doch getaucht war. „Der Pfeil --- das Biest --- beschäftigen, aber --- nicht lange dauern, bis --- wieder hier …“

Plötzlich waren Race und Charlie in ihrem Versteck nicht mehr allein. Ein weiterer Taucher gesellte sich zu ihnen – durch das Helmglas erkannten sie, dass es Athina war.

„Los, kommt mit“, forderte sie die beiden auf, was Race und Charlie sich nicht zweimal sagen ließen. Da der Aufgang zum Deck verschlossen war, verließen sie das Wrack durch das Loch im Rumpf – und bekamen sofort Gesellschaft.

„Da ist er --- wieder“, rief Athina, als sie einen dunklen Schatten heranwischen sah.

„Bleibt in Deckung!“, befahl Kyle, und indem sie die Köpfe einzogen, merkten Race und die beiden Mädchen, wie etwas nur wenige Handbreit über sie hinwegwischte. Etwas, das sehr groß war, sehr schnell – und sehr gefräßig ...

„Verdammt, das war knapp“, sagte Kyle, der rasch herangeschwommen kam. Die leer geschossene Harpune hatte er kurzerhand weggeworfen. „Alles in Ordnung bei euch?“

„Weißt du noch, als ich sagte, dass ich dich nicht unter Wasser haben will?“, fragte Charlie dagegen.

„Und?“

„Vergiss, was ich gesagt habe“, hauchte das Mädchen.

Atemlos beobachteten sie, wie der Riesenfisch ein Stück von ihnen fortschwamm, um dann sofort wieder zu wenden. Allerdings kam er nicht schnurgerade auf sie zu, sondern schwamm in Wellenlinien hin und her, das Maul mit den mörderischen Zähnen halb geöffnet.

„Er scheint uns zu suchen“, kommentierte Race. „Offenbar hat er die Witterung verloren.“

„Unwahrscheinlich“, widersprach Charlie. „Haie haben --- sehr ausgeprägtes ...“

„Was ist das?“, fragte Athina plötzlich.

„Was --- du?“

„Auf der linken Körperseite des Hais“, antwortete die Griechin. „Irgend --- Kasten oder ...“

Athina hatte Recht. Vorhin, beim Kampf um das nackte Überleben, war es niemandem aufgefallen. Aber an der Seite des Hais, ein kurzes Stück hinter der linken Brustflosse, war tatsächlich ein kleines Kästchen zu erkennen, das mit einem grauen Riemen befestigt war und aus dem eine kleine Antenne ragte.

„Ein Funkempfänger!", vermutete Race.

„Das würde --- Störsignal erklären", folgerte Kyle.

„Aber was hat es damit auf sich?", fragte Charlie.

Kyle zögerte keinen Augenblick. „Es gibt nur einen Weg, das rauszufinden", sagte er entschlossen – und schwamm los, direkt auf den Killerhai zu.

„Kyle, warte!", rief Charlie ihm hinterher. „Wo --- hin?"

„Den Kasten entfernen", antwortete er nur.

„Bist du verrückt geworden?", schrie Athina. „Das Biest --- zerfetzen --- wie alle anderen."

„Da kommt es schon", brüllte Race. „Es hat dich bemerkt!"

„Kyle! Vorsicht ...!"

Kyle reagierte weder auf Charlies Warnung noch auf die Rufe der anderen – sein Ziel war das Kästchen an der Seite des Hais. Zwar wusste er nicht, was es damit auf sich hatte, aber ein Gefühl sagte ihm, dass dieser kleine Kasten der Schlüssel zur ihrer Rettung war.

„Komm nur, ich warte auf dich", knurrte er, während sich der furchterregende Fisch in seine Richtung wandte und von kräftigen Schwanzschlägen getrieben auf ihn zubewegte.

Kyle sah das Tier herankommen.

Die riesigen Flossen.

Das grässliche Maul.

Die schwarzen Augen.

Obwohl er am liebsten die Flucht ergriffen hätte, zwang er sich dazu, an Ort und Stelle zu verharren. Mit den Flossen trat er Wasser, um die Position zu halten, während das Monstrum pfeilschnell auf ihn zukam – und ihn im nächsten Moment erreichte.

„Jetzt!“, schrie Kyle, um sich selbst Mut zu machen, und handelte.

Im selben Moment, in dem der Hai das Maul aufriss, um ihn zu verschlingen, tauchte der Junge nach unten weg und wich dem Angriff aus. Die weiße Bauchseite des Hais strich nur wenige Zentimeter über ihn hinweg, und Kyle packte zu und bekam die linke Brustflosse zu fassen. Mit unwiderstehlicher Kraft riss das Tier ihn mit. Kyle fühlte, wie die Luft aus seinen Lungen gepresst wurde, und für einen Moment wurde ihm schwarz vor den Augen. Aber er klammerte sich unnachgiebig fest wie ein Cowboy, der einen wilden Bullen zuritt – nur eben unter Wasser.

Der Hai schien zu merken, dass etwas nicht stimmte – er schlug wilde Haken und versuchte, den blinden Passagier loszuwerden. Aber Kyle hielt sich nicht nur fest, sondern schaffte es sogar, bis zur Rückenflosse emporzuklettern. Dort griff er an seine Wade, zückte das Tauchermesser, und während der Hai weiter versuchte, ihn von seinem Rücken zu schütteln, machte Kyle sich an dem Riemen zu schaffen, mit dem das Kästchen an dem Tier befestigt war.

Das Material war zäh. Zweimal musste Kyle die Klinge ansetzen, aber dann gelang es ihm. Das Messer durchtrennte das Band, und das Kästchen mit der Antenne löste sich vom Körper des Hais und trudelte in die Tiefe.

Kyle atmete auf – und bereute es bitter.

Denn in diesem einen Moment der Unaufmerksamkeit machte der Hai eine unerwartete Bewegung und schüttelte ihn ab. Mit Armen und Flossen schlagend, versuchte Kyle, sich aus dem Gefahrenbereich zu bringen, und tauchte zum Meeresgrund hinab.

Vergeblich.

Denn der Hai, der auf Bewegungen reagierte, wurde damit erst recht auf ihn aufmerksam und folgte ihm. Kyle hielt den Atem an. Das Tauchermesser hatte er immer noch in der Hand, aber es kam ihm nutzlos und lächerlich vor im Vergleich zu der riesigen Masse Fisch. Der spitz zulaufende Kopf des Hais schwebte vor ihm, darunter die grässlichen Zähne – und atemlos blickte Kyle in die kalten Augen des Killers …

Starr vor Entsetzen hatten die anderen den ungleichen Kampf verfolgt. Sie hatten gesehen, wie sich Kyle an der Rückenflosse des Haifischs festgeklammert und den Riemen des Kästchens durchschnitten hatte. Abschließend hatten sie beobachtet, wie Kyle den Halt verloren und der Hai ihn angegriffen hatte – dann allerdings hatte die Schwanzflosse des Tieres so viel Sand vom Meeresgrund aufgewirbelt, dass sich die Sicht eingetrübt hatte, und sowohl Kyle als auch der Riesenfisch waren hinter einem dichten Schleier verschwunden.

Als sich der Sand wieder legte und der Schleier lichtete, war von keinem von beiden mehr etwas zu sehen.

„Oh … oh nein“, flüsterte Charlie entsetzt.

„D-das Biest hat ihn gefressen“, ächzte Race.

„Wie schrecklich“, hauchte Athina, den Tränen nah.

Die Sicht klärte sich noch weiter, aber nichts war zu sehen außer der blauen Tiefe, die die drei Freunde wie eine Wand umgab, geradeso, als hätte es nie einen Killerhai gegeben. Zurück blieben nur Dunkelheit und Kälte …

„Worauf wartet ihr?“, fragte plötzlich jemand. „Rasch zurück zur Oberfläche!“

Charlie, Race und Athina fuhren herum – und konnten ihr Glück nicht fassen, als sie Kyle vor sich sahen, unverletzt und quicklebendig. Und in der Hand hielt er das Kästchen, das der Hai an seiner Seite getragen hatte.

„Kyle!“, entfuhr es Charlie.

„Cool“, konterte dieser und grinste durch das Helmglas. „Du erinnerst dich an mich.“

„W-wo ist der Hai?“, stammelte Race verblüfft.

„Verschwunden“, sagte Kyle nur.

„Aber wie ...?“, wollte Athina fragen.

„Erzähl ich euch später!“, fiel Kyle ihr ins Wort. „Jetzt erstmal zurück aufs Schiff. Und achtet auf den Druckausgleich beim Auftauchen!“

„Verstanden“, bestätigte Race – und durch einen Schwall von Luftblasen, die ringsum aufstiegen, schwammen sie zurück an die Oberfläche und ins Licht.

9

Unter Beschuss

An Bord der Argo II
Etwas später

Noch immer konnten sie kaum glauben, was geschehen war. Erschöpft kauerten die Mitglieder des Team X-treme und ihre Freunde auf dem Achterdeck der *Argo II* und versuchten, die aufregenden Ereignisse zu verdauen.

„Und dann ist Kyle dem Hai hinterher geschwommen?", fragte Kami staunend, die alles am Bildschirm verfolgt hatte, ohne irgendwie eingreifen zu können.

„Genau", bestätigte Race voll ehrlicher Bewunderung. „Das Biest war kurz davor, uns zu schnappen. Wenn Kyle nicht gewesen wäre, hätte es echt düster ausgesehen. Danke, Alter!", sagte er und hielt Kyle die flache Hand hin.

„Schon gut", meinte der und schlug ein.

„Wie hast du dem Hai nur entkommen können?", fragte Charlie. „Wir dachten wirklich, das Biest würde dich fressen."

„Genau", stimmte Athina zu. „Wir haben noch gesehen, wie du den Riemen von dem Kästchen durchgeschnitten hast. Aber was ist dann passiert?"

„Ich hab für einen Moment nicht aufgepasst und der Hai hat mich abgeschüttelt", berichtete Kyle. „Er kam direkt auf mich zu. Junge, war der sauer …"

„Und dann?“, fragte Miki atemlos.

„Ich weiß auch nicht.“ Kyle zuckte mit den Schultern. „Im einen Moment hatte es noch den Anschein, als wollte er mich verschlingen, aber dann stoppte er plötzlich, und ich … ich …“

„Was?“, drängte Kami. „Nun sag schon.“

„Naja – ich hatte das Gefühl, dass er mir tief in die Augen schaute“, fuhr Kyle leise fort. „Im nächsten Moment machte er kehrt und verschwand in der Tiefe – fast so, als hätte er sich bei mir bedanken wollen.“

„Bedanken?“, fragte Miki.

„Dafür, dass ich ihn von dem Kasten befreit hatte“, erklärte Kyle und deutete auf das unscheinbare Gerät, das vor ihm auf den Planken lag. „Ich weiß, das klingt verrückt, aber …“

„Apropos bedanken“, sagte Race plötzlich und deutete über die Reling nach Süden. „Seht mal, wir kriegen Gesellschaft.“

Tatsächlich.

Aus Richtung der Insel hielt ein Schiff auf die *Argo II* zu, das militärgrau gestrichen war und an dessen Heck die griechische Flagge wehte. Ein Patrouillenboot …

„Das ist die Küstenwache“, stellte Athina fest.

„Mist“, knurrte Kyle.

„Achtung, Achtung!“, scholl über Lautsprecher eine Stimme herüber, die sie alle nur zu gut kannten. „Hier spricht Kapitän Thorakis! Sie befinden sich in gesperrten Gewässern! Ihr Schiff ist hiermit beschlagnahmt. Halten Sie sich bereit, geentert zu werden, wir kommen an Bord!“

„Das hat uns grade noch gefehlt“, stöhnte Race.

Auch Kyle hatte nicht die geringste Lust, sich vor dem zwielichtigen Leiter der Küstenwache zu rechtfertigen, aber er wollte der Anführerin des Team X-treme die Entscheidung überlassen. „Charlie“, fragte er deshalb, „willst du …?“

„Ganz sicher nicht.“ Sie schüttelte den Kopf, dass der nasse Pferdeschwanz nur so hin und her flog. „Mr. X“, befahl sie dann, „wenden und volle Fahrt voraus! Bringen Sie uns von hier weg!“

Der Mann mit der Maske bestätigte mit einem Nicken, und schon im nächsten Moment röhrte die Maschine der *Argo II* auf. Ein Ruck durchlief das Schiff, der Bug stieg aus dem Wasser – und schon ging es über die glitzernd helle Fläche der See dahin.

„Halt!“, donnerte Thorakis. „Stoppen Sie sofort die Maschinen, oder wir eröffnen das Feuer!“

„Der meint es ernst“, meinte Charlie.

„Ja“, stimmte Miki zu, „das hat er schon bewiesen.“

„Und dass er von Gesetzen nicht allzu viel hält, hat er auch schon bewiesen“, fügte Kyle hinzu.

In diesem Moment drang von dem Patrouillenboot ein dumpfer Knall herüber – und aus dem Granatwerfer, der auf dem Vordeck montiert war, sprang etwas, das eine weiße Rauchfahne hinter sich herzog und eine weite Bahn am blauen Himmel beschrieb …

„Sie schießen“, stellte Athina fest.

„Kacke“, rief Race.

Im nächsten Augenblick schlug die Granate ein.

Sie verfehlte das Deck nur um wenige Meter und fiel ins Wasser, wo sie detonierte. Daraufhin spritzte Wasser in einer riesigen Fontäne in die Höhe, und die *Argo II* wurde von der Druckwelle erfasst und kippte nach Backbord. Kyle und Kami konnten sich gerade noch an der Reling festhalten. Die anderen verloren das Gleichgewicht und purzelten quer über das Achterdeck, während das aufgeworfene Seewasser wie aus Kübeln auf sie niederklatschte. Charlie holte sich blaue Flecke, als sie mit einer Transportkiste zusammenstieß, Race zog sich eine Platzwunde zu, und Athina wäre über Bord gegangen, wenn ihr Bruder sie nicht im letzten Moment festgehalten hätte.

„Das war kein Warnschuss!", schrie Race. „Dem geht es nicht darum, uns zu verhaften – der will uns abservieren!"

„Mr. X – volle Kraft!", rief Charlie überflüssigerweise – denn der Mann mit der Maske hatte den Fahrthebel bereits umgelegt, worauf die *Argo II* einen Satz nach vorn machte und von Welle zu Welle zu springen schien.

„Ha!", rief Kyle triumphierend aus. „Ab geht die Post!"

Aber um aufzuatmen, war es noch entschieden zu früh.

Schon gab der Granatwerfer an Bord des Patrouillenbootes ein zweites Mal Feuer, und wieder konnten die Mitglieder des Team X-treme und ihre Freunde nichts anderes tun, als tatenlos zuzusehen, wie das Geschoss in den Himmel stieg, einen weiten Bogen beschrieb und …

„Nach steuerbord ausweichen, Mr. X! Jetzt!", brüllte Kyle.

Die *Argo II* brach zur Seite aus, und wären die Insassen diesmal nicht gewarnt gewesen und hätten sich festgehalten, wären sie erneut wild durcheinandergepurzelt. Die Granate schlug ein, allerdings ein gutes Stück achteraus, so dass keine direkte Gefahr bestand. Wieder ging prasselnd Salzwasser auf die Freunde nieder, das sie bis auf die Haut durchnässte und in ihren Augen brannte, aber immerhin waren sie nicht getroffen worden.

Thorakis hatte die Verfolgung aufgenommen. Mit brachialer Gewalt schien sich das Patrouillenboot einen Weg durch die Wellen zu bahnen, während der Granatwerfer auf dem Vordeck erneut geladen wurde und feuerte.

„In Deckung!", rief Kyle, als das Geschoss niederging, diesmal auf der anderen Seite.

Mit dumpfem Platschen schlug die Granate ein und explodierte dicht unter der Wasseroberfläche, was erneut für eine verheerende Kaskade sorgte. Das Boot wurde hin und her geworfen.

„Mann, das war knapp!", keuchte Race.

Der Granatwerfer krachte.

„Schon wieder!", schrie Athina.

„Die Köpfe runter!", befahl Kyle, und alle duckten sich, während das Geschoss in weitem Bogen heranflog. Dass es die *Argo II* nicht voll erwischte, war nur Mr. X zu verdanken, der auf der Hut war und die Yacht seitlich ausbrechen ließ. Der Rumpf neigte sich gefährlich, der Bug stellte sich steil auf – aber das Schiff entging dem vernichtenden Geschoss, das im nächsten Augenblick dicht daneben einschlug.

Kyle, Charlie und die anderen hielten den Atem an, als die Druckwelle die Yacht erfasste und durchrüttelte – aber die *Argo II* behauptete sich wacker.

„Der nächste Schuss sitzt vielleicht", stieß Race hervor.

„Mr. X!", rief Charlie. „Bringen Sie uns hier raus, schnell!"

Wie es der Mann mit der Maske anstellte, wusste keiner von ihnen, aber irgendwie schaffte er es, den bereits am Limit laufenden Maschinen noch mehr abzuverlangen. Das Motorengeräusch wurde noch lauter, und die Yacht legte nochmals an Fahrt zu.

„Ha!", machte Race und ballte triumphierend die Fäuste, als er einen Blick nach hinten riskierte und sah, wie der Abstand zu

Thorakis' Patrouillenboot sprunghaft größer wurde. „Wir hängen sie ab! Diese lahmen Enten fallen hinter uns zurück ..."

„Gott sei Dank", seufzte Charlie.

Als der Granatwerfer erneut Feuer gab, war der Knall nur noch gedämpft zu hören, und das Geschoss fiel weit hinter ihnen ins Meer. Ganz offenbar hatten sie die Reichweite des Granatwerfers verlassen und waren damit außer Gefahr. Jubel setzte ein, und die Teammitglieder und ihre Freunde umarmten einander ausgelassen und beglückwünschten sich gegenseitig.

„Jetzt aber nichts wie nach Haus", meinte Race, nachdem sich die erste Begeisterung ein wenig gelegt hatte. „Seid mir nicht böse, Leute, aber vom Tauchen habe ich erstmal die Nase voll."

„Und das aus deinem Munde", versetzte Kami grinsend.

„Race hat Recht", pflichtete Charlie bei. „Wir können wirklich froh sein, dass wir noch am Leben sind. Antworten haben wir allerdings nicht allzu viele bekommen."

„Das stimmt." Kyle nickte. „Weder wissen wir, was es mit diesem Haifisch auf sich hat, noch welche Rolle dieser Kapitän Thorakis bei der ganzen Sache spielt. Das alles ist ziemlich mysteriös ..."

„Aber wir haben das Kästchen", brachte Charlie in Erinnerung. „Wir werden es gleich nach unserer Rückkehr in den X-Labors untersuchen lassen. Vielleicht hat CONRAD ja ein paar Antworten für uns ..."

10

Der Verdacht

Zentrale des Team X-treme
Leland Manor, Island X
24 Stunden später

Es war ein gutes Gefühl, wieder zurück auf Island X zu sein – wenngleich sich Kyle in der Zentrale des Team X-treme mit all ihren Festplatten und Speichereinheiten und den unzähligen blinkenden Dioden noch immer vorkam wie in einem Science-Fiction-Film.

Von Chora aus waren die Teammitglieder zurück nach Athen geflogen und von dort mit einer Linienmaschine nach London, von wo Mr. X sie mit einem Helikopter der X-Stiftung zurück auf die Insel gebracht hatte. Das Kästchen, das Kyle sichergestellt hatte, war unmittelbar nach ihrer Ankunft an Dr. Dickens übergeben worden, der es eingehend untersuchen würde. Anschließend durfte sich das Team erst einmal ausruhen. Erst am nächsten Morgen wurde es von CONRAD zum Rapport in die Zentrale gerufen, wo Charlie ausführlich berichtete, was sich auf Mykonos zugetragen hatte.

Sie ließ dabei nichts aus. Weder verschwieg sie den Streit, den Kyle und sie gehabt hatten, noch den Ausbruch aus dem Gefängnis der Küstenwache. Und sie verhehlte auch nicht, dass sie CONRADs Anweisung missachtet hatte und zusammen mit Race getaucht war, obwohl der Befehl gelautet hatte, vorsichtig zu sein.

„Unser Dank“, schloss sie ihren Bericht, „gilt deshalb Kyle. Wären er und Athina nicht gewesen, wären Race und ich ohne Frage im Magen dieser Bestie gelandet.“

„Kann man wohl sagen“, bekräftigte Race.

„... und wir hätten auch keine Beweismittel“, fuhr Charlie fort. „Nur Kyle ist es zu verdanken, dass wir den geheimnisvollen Kasten sicherstellen konnten.“

„Ich verstehe“, erwiderte CONRAD. „Wir alle sind dir also zu großem Dank verpflichtet, Kyle.“

„Nicht der Rede wert, Sir“, erwiderte dieser und machte eine wegwerfende Handbewegung. „Ich habe nur getan, was nötig war.“

„Nein, mein Freund“, widersprach der Avatar, „du hast ungleich mehr getan. Du hast dein Leben für deine Freunde riskiert und damit bewiesen, dass du zum Team gehörst.“

„Hab ich das?“, fragte Kyle und überlegte einen Moment. „Vielleicht haben Sie Recht“, meinte er dann.

„Charlie hingegen“, fuhr CONRAD fort, wobei seine elektronische Stimme einen strengen Tonfall annahm, „muss ich ihres eigenmächtigen Handelns wegen eine Rüge erteilen. Meine Anweisungen waren eindeutig, Charlie. Sie lauteten, nichts zu riskieren. Vor allen Dingen keine Menschenleben.“

„Ich weiß, Sir“, erwiderte das Mädchen und ließ niedergeschlagen den Kopf sinken. „Es tut mir leid.“

Kyle biss sich auf die Lippen. Eigentlich hätte er sich freuen müssen, wenn die Anführerin des Team X-treme vor allen anderen gescholten wurde – immerhin hatte sie ihn an Bord der *Argo II* ganz schön blöd aussehen lassen. Aber Kyle freute sich nicht, im Gegenteil. Charlie tat ihm plötzlich leid, denn im Grunde hatte sie ja für alle nur das Beste gewollt.

„Sir“, wollte er sich deshalb für sie einsetzen, „ich denke nicht, dass Charlie absichtlich ...“

„Schon gut, Kyle", fiel CONRAD ihm ins Wort. „Ich weiß, was du sagen willst. Wir alle sind Menschen und machen Fehler. Wichtig ist, dass wir aus ihnen lernen. Ist das klar, Charlie?"

„Völlig, Sir", bestätigte das Mädchen.

„Und was wird aus Miki und Athina?", wollte Race wissen. „Immerhin haben uns die beiden sehr geholfen."

„Das ist richtig", stimmte CONRAD zu, „und die Stiftung X wird sich auch erkenntlich zeigen. In der Nähe von Athen gibt es eine Klinik, die sich auf die Behandlung alkoholkranker Patienten spezialisiert hat. Die Stiftung wird dafür sorgen, dass Mikis und Athinas Vater dort behandelt wird, so dass die Familie ein neues Leben beginnen kann."

„Gute Idee, Sir", meinte Race.

„Klasse", freute sich Kami.

„Und der Hai?", fragte Kyle. „Was ist mit dem Kasten, den ich dem Biest abgenommen habe?"

„Die Analyse des Geräts ist noch nicht vollständig abgeschlossen", erwiderte CONRAD, „aber nach allem, was Dr. Dickens bislang herausgefunden hat, gehen wir davon aus, dass es sich tatsächlich um eine Art Fernsteuerung gehandelt hat."

„Eine Fernsteuerung?" Race horchte auf. „So wie bei dem Flitzer, den ich mal hatte? Bevor ihn jemand zweckentfremdet und komplett geschrottet hat", fügte er mit einem vielsagenden Seitenblick auf Kyle hinzu.

„In der Art", bestätigte CONRAD. „Offenbar wurde das Tier über konzentrierte Funkwellen gelenkt, die über ein entsprechendes Interface direkt auf sein Gehirn eingewirkt haben."

„Verrückt", meinte Charlie.

„Schon", gab Kami zu, „aber nicht unmöglich. Mit Ratten wurden entsprechende Versuche schon erfolgreich durchgeführt. Aber ich wusste nicht, dass es auch mit etwas so Großem wie einem Weißen Hai funktioniert."

„Offensichtlich tut es das“, erwiderte CONRAD, „und es erklärt sowohl die Existenz eines *Carcharodon carcharias* in der Ägäis als auch sein überaus aggressives Verhalten: Jemand hat das Tier dorthin gebracht und ausgesetzt, um es anschließend mit gezielten Funkwellen zu lenken.“

„Das ist Tierquälerei“, ereiferte sich Charlie.

„Allerdings.“

„Moment mal“, rief Kyle. „Soll das heißen, dass die Angriffe, die der Hai verübt hat, in Wirklichkeit auf Menschen zurückzuführen sind?“

„Danach sieht es im Augenblick zumindest aus“, stimmte CONRAD vorsichtig zu.

„Und wer steckt hinter dieser Schweinerei?“

„Nun – da die Fernsteuerung keinerlei Rückschlüsse auf ihre Herkunft zulässt, können wir darüber nur spekulieren“, antwortete CONRAD. „Es liegt jedoch der Verdacht nahe, dass eine Firma namens ‚Mortar Industries‘ ihre Hand im Spiel hatte. In der Vergangenheit hat sie wiederholt durch verbotene Meeresexperimente auf sich aufmerksam gemacht und war in zahlreiche Umweltskandale verwickelt. Bislang konnte Mortar jedoch nie etwas nachgewiesen werden.“

„Mortar Industries“, murmelte Kami leise vor sich hin. Dabei sah sie aus, als wäre sie einem Gespenst begegnet. „Mortar Industries …“

„Kennst du den Laden etwa?“, fragte Kyle.

„Nein, natürlich nicht“, versicherte Kami schnell und setzte ein unschuldiges Lächeln auf. „Woher sollte ich?“

„Die Frage ist doch, warum jemand so etwas tut“, überlegte Race. „Ich meine, wer hat etwas davon, einen Weißen Hai fernzusteuern und ihn auf die Menschheit loszulassen?“

„Das wissen wir noch nicht – aber wir werden es herausfinden.“ CONRAD klang überzeugt.

„Wir haben eine heiße Spur“, meinte Kyle bestimmt. „Dieser Kapitän Thorakis weiß etwas – warum sonst wollte er uns aus dem Weg räumen?“

„Das war versuchter Mord“, fügte Charlie empört hinzu. „Es hätte nicht viel gefehlt, und dieser Wahnsinnige hätte uns erwischt.“

„Allerdings“, pflichtete CONRAD bei. „Aus diesem Grund habe ich bei der griechischen Polizei bereits Anzeige gegen Thorakis erstattet – immerhin haben wir sowohl eure Zeugenaussagen als auch die der Kanzakis-Geschwister, um ihn hinter Schloss und Riegel zu bringen. Leider hat sich jedoch herausgestellt, dass der ehrenwerte Kapitän Thorakis nicht mehr greifbar ist.“

„Was soll das heißen?“, fragte Race.

„Das heißt, dass niemand weiß, wo er sich gegenwärtig aufhält. Er ist spurlos verschwunden.“

„Wohin wohl?“, spottete Kyle. „Das Schwein hat sich abgesetzt, ist doch klar.“

„Möglicherweise“, bestätigte CONRAD.

„Also bleibt uns vorerst nur abzuwarten“, folgerte Charlie. „Vielleicht werden wir eines Tages ja Gelegenheit haben, die Spur weiter zu verfolgen. Dann werden wir herausfinden, was es mit dem Weißen Hai auf sich hatte.“

„Vielleicht“, sagte Kami nachdenklich. „Wer weiß …?“

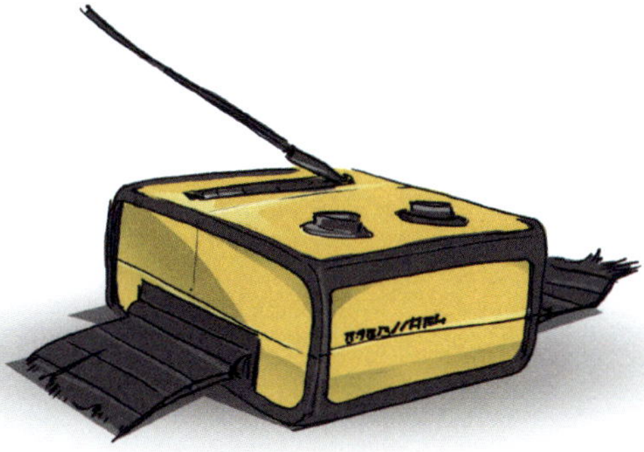

Epilog

Kapitän Leonides Thorakis war nicht wohl in seiner Haut – und das aus gutem Grund. Zum ersten Mal hatte man ihn herbestellt, damit er seinen geheimnisvollen Auftraggeber persönlich traf.

Bislang waren alle Geschäfte über das Telefon abgewickelt worden. Thorakis hatte seine Anweisungen erhalten, hatte sie ausgeführt und war dafür mehr als üppig entlohnt worden. Aber nun schien das nicht mehr zu genügen, und ein Gefühl sagte dem Kapitän der Küstenwache, dass das kein gutes Zeichen war.

Staunend schaute er sich um.

Es war erstaunlich, wozu diese Leute fähig waren. Eine Station, viele Meter unter der Wasseroberfläche, auf dem Grund des Meeres. Der Korridor, in dem Thorakis wartete, bestand aus blankem Metall. Rohrleitungen verliefen unterhalb der Decke, hier und dort waren Stellräder angebracht. Ein fernes Rauschen war zu hören und das Wummern eines Generators, und ab und zu knarrte das Metall angesichts des Drucks, der auf ihm lastete.

Thorakis merkte, wie ihm der Schweiß auf die Stirn trat. Er hasste es zu warten, ganz besonders an einem Ort wie diesem. Deshalb war er erleichtert, als er endlich Gesellschaft bekam.

Schritte näherten sich, und eine Gestalt bog um die Ecke, die leicht gebückt ging und den weißen Kittel eines Wissenschaftlers anhatte. Das Haar des Mannes war grau und spärlich, sein Gesicht ebenso lang wie knochig. Die Augen, die in tiefen, dunkel geränderten Höhlen lagen, blitzten lauernd.

„P-Professor?“, fragte Thorakis vorsichtig.

„Ganz recht“, schnarrte der Alte, während er den Kapitän von Kopf bis Fuß musterte. „Und Sie sind also Thorakis. Ich muss zugeben, ich hatte sie mir größer vorgestellt.“

„Das tut mir leid“, entgegnete Thorakis ein wenig hilflos.

„Die Eindringlinge sind also entkommen?“, kam der Professor direkt zur Sache.

„J-ja“, gestand der Kapitän zögernd.

„Und die Vorrichtung?“

„Ist verloren gegangen“, gestand Thorakis kleinlaut. „Jeglicher Kontakt mit dem Versuchstier ist abgebrochen.“

„Ich verstehe.“ Der Professor nickte. „Können Sie ausschließen, dass das Gerät in fremde Hände geraten ist?“

„N-nun“, stammelte der Kapitän, „ganz ausschließen lässt sich das nicht, aber angesichts der Tiefe und der Beschaffenheit des Meeresbodens ist es ziemlich unwahrscheinlich, dass jemand …“

„Ich verstehe“, sagte der Alte noch einmal, und es klang ziemlich gefährlich.

„Bitte glauben Sie mir, Professor, es war nur ein Versehen, nichts weiter. Das nächste Mal werde ich …“

„Ein nächstes Mal wird es nicht geben, Kapitän“, schnitt ihm der Alte das Wort ab. „Wenn Ihnen schon eine Horde Halbwüchsiger Probleme bereitet, wie wird es dann erst sein, wenn die Polizei oder das Militär auf uns aufmerksam werden?“

„I-ich weiß nicht. Bitte glauben Sie mir, ich …“

„Wir haben Ihnen sehr viel Geld bezahlt, Kapitän. Leider haben Sie sich dennoch als Versager erwiesen. So etwas können wir nicht dulden.“

„A-aber ich …“, versuchte Thorakis sich zu verteidigen – doch ihm fielen keine passenden Argumente ein.

„Gehen Sie“, sagte der Professor nur.

„I-ich soll gehen?“ Thorakis atmete innerlich auf. Er hatte eine weit schlimmere Bestrafung befürchtet, als einfach hinausgeworfen zu werden.

„Durch diese Schleuse dort“, bestätigte der Mann im weißen Kittel, auf ein offenes Schott deutend.

„V-verstanden“, erwiderte Thorakis. „Ich versichere Ihnen, dass ich zu niemandem ein Wort über das verlieren werde, was hier vor sich geht.“

„Ich weiß“, sagte der Professor nur.

Mit einer angedeuteten Verbeugung wandte sich Thorakis ab und trat durch das Schott. Aber anders als Thorakis erwartet hatte, fand er sich nicht in einem weiteren Gang wieder, sondern in einer engen Kammer, die nur den einen Ausgang besaß. Erschrocken wollte Thorakis kehrt machen, aber das Schott wurde hinter ihm zugeworfen, das Schloss von außen verriegelt. Durch das kleine Fenster, das in die Tür eingelassen war, sah Thorakis den Professor, der ein hämisches Grinsen im Gesicht hatte.

„W-wo bin ich hier?“, rief er laut. „Was zum …?“

In diesem Moment verlor Thorakis den Boden unter den Füßen. Der Gitterrost, der den Boden bildete, öffnete sich plötzlich, und der Kapitän fiel senkrecht in die Tiefe. Mit einem erstickten Schrei stürzte er in einen dunklen Schacht – und tauchte kopfüber in eiskaltes Wasser.

Prustend kam er wieder an die Oberfläche, mit den Armen rudernd, um nicht unterzugehen. Plötzlich war ein helles Quietschen zu vernehmen, wie wenn ein rostiger Wasserhahn geöffnet wurde – und aus einem Rohr ergoss sich plätschernd Seewasser in den Schacht, wenig zunächst, dann immer mehr.

„Nein!“, rief der Verräter gurgelnd, während die Wassermassen auf ihn herabstürzten. „Bitte nicht! Hilfe …!“

Aber niemand half ihm – und in diesem Moment wurde Leonides Thorakis bewusst, dass er einen schweren Fehler begangen hatte – und dass Verbrechen sich nicht lohnt.

ENDE

der Mission 2

Aber das Team X-treme kehrt zurück

in

PROJEKT TANTALUS

Charlotte „Charlie" Dubois

Alter: 15
Augenfarbe: grün
Haarfarbe: blond
Herkunftsland: Frankreich
Beschreibung: Charlotte ist die Anführerin des Team X-treme, ein Mädchen mit messerscharfem Verstand und großem Verantwortungsgefühl. Sie genießt das volle Vertrauen von CONRAD. Die Sicherheit der Gruppe steht für sie an vorderster Stelle.
Besondere Fähigkeiten: Charlie ist Empathin. Das bedeutet, dass sie die Gefühle anderer Menschen erspüren kann.

Jan „Race" Renner

Alter: 14
Augenfarbe: grau
Haarfarbe: hellbraun
Herkunftsland: Deutschland
Beschreibung: Jan ist der Draufgänger des Team X-treme. Wegen seiner außergewöhnlichen sportlichen Fähigkeiten wurde er als Spezialist für waghalsige Einsätze verpflichtet. Auf Partys fühlt er sich mindestens ebenso zu Hause wie auf dem Skateboard, das weibliche Geschlecht ist seine Schwäche.
Besondere Fähigkeiten: Race beherrscht zahlreiche Extrem-Sportarten und liebt alles, was schnell ist …

Kami „Camouflage“ Sanuk

Alter: 14

Augenfarbe: braun

Haarfarbe: blau (zurzeit)

Herkunftsland: Thailand

Beschreibung: Kami ist die Kommunikationsspezialistin des Team X-treme und eine zuverlässige Freundin. Ihren Spitznamen verdankt sie ihrer ausgeprägten Vorliebe für Tarnklamotten. Ihr Haar färbt sie sich dafür gerne farbig, was den Tarneffekt wieder aufhebt.

Besondere Fähigkeiten: Herausragende Kenntnisse im Umgang mit Computern und Technik aller Art.

Kyle Connor

Alter: 16 (geschätzt)

Augenfarbe: blau

Haarfarbe: dunkelbraun

Herkunftsland: unbekannt

Kyle kann sich nicht an seine Vergangenheit erinnern, aber er verfügt über eine Reihe erstaunlicher Fähigkeiten, die er erst nach und nach an sich entdeckt – so verfügt er über ein blitzschnelles Reaktionsvermögen und ausgeprägte Instinkte. Auf dem rechten Oberarm hat er ein rätselhaftes Tattoo.

CONRAD

Alter: 45
Augenfarbe: nicht zutreffend
Haarfarbe: nicht zutreffend
Herkunftsland: England

Beschreibung: CONRAD ist ein Avatar – das im Computer gespeicherte Bewusstsein des britischen Geheimagenten Conrad Leland, der einer Verschwörung auf die Spur kam und bei einem Anschlag ermordet wurde. Mit Hilfe des Vermögens, das er sich zeit seines Lebens erwarb, hat er die Stiftung X ins Leben gerufen, deren Ziel der Kampf gegen Unrecht und Verbrechen ist.
Besondere Fähigkeiten: Mit der gesammelten Erfahrung Conrad Lelands ist CONRAD der Auftraggeber des Team X-treme – aber auch ein kluger Ratgeber und väterlicher Freund.

Mr. X

Alter: 38
Augenfarbe: braun
Haarfarbe: schwarz
Herkunftsland: USA

Beschreibung: Mr. X ist der ergebene Diener des Team X-treme; als Chauffeur und Pilot ist er ebenso im Einsatz wie als Trainer und Ausbilder. Einst war er Conrad Lelands Leibwächter und engster Vertrauter. Den Bombenanschlag auf seinen Chef überlebte er zwar schwer verletzt, ist seither jedoch stumm. Sein Gesicht, das vom Feuer entstellt wurde, verbirgt er unter einer Maske.
Besondere Fähigkeiten: Mr. X kann alles fahren, was Räder hat und fliegen. Außerdem ist er ausgebildeter Einzelkämpfer.

Das Team X-treme kehrt zurück!

Michael Peinkofer
Weitere spannende TEAM X TREME -Abenteuer!

MISSION 1
ALLES ODER NICHTS

Monte Carlo, Monaco: Bei einer Mission im Fürstentum gerät das Team X-treme mit einem Jugendlichen aneinander, der offenbar sein Gedächtnis verloren hat. Lediglich seinen Namen kennt er noch: Kyle Connor. Das Team erhält den Auftrag, Kyle bei der Rekonstruktion seines bisherigen Lebens zu helfen und kommt dabei einem tödlichen Geheimnis auf die Spur: Gibt es tatsächlich eine Verbindung zwischen Kyle und Bata Clava, diesem berüchtigten Killer?

Team X-treme - Mission 1
Alles oder nichts
ISBN 978-3-8339-3211-3

Auch als Hörspiel:
1 CD, 56 Min.
ISBN 978-3-7857-3555-8
€ 7,95 (D) / (A)

Spannung für die Ohren!

Alle Bücher und noch viel mehr *Team X-treme-Krimis* gibt es auch als Hörspiel auf CD!

Die Bestie aus der Tiefe
(Folge 2)
1 CD, 56 Min.
ISBN 978-3-7857-3556-5
€ 7,95 (D) / (A)

Das Borodin-Gambit
(Folge 4)
1 CD, 47 Min.
ISBN 978-3-7857-3558-9
€ 7,95 (D) / (A)

Sumpf des Schreckens
(Folge 5)
1 CD, 52 Min.
ISBN 978-3-7857-3774-3
€ 7,95 (D) / (A)

Codename Nautilus
(Folge 6)
1 CD, 53 Min.
ISBN 978-3-7857-3737-8
€ 7,95 (D) / (A)

Donner über der Wüste
(Folge 7)
1 CD, 48 Min.
ISBN 978-3-7857-3602-9
€ 7,95 (D) / (A)

Das Monster aus dem Eis
(Folge 8)
1 CD, 51 Min.
ISBN 978-3-7857-3622-7
€ 7,95 (D) / (A)

Viele weitere Hörspiele sind lieferbar!

„Action pur heißt es für das Team X-Treme, der superspannenden Hörbuchserie von Michael Peinkofer, in der ein zu Geheimagenten ausgebildetes Teenager-Team erfolgreich gegen das Böse kämpft. Dabei erleben sie an legendären Orten wie Monte Carlo, Istanbul oder der Ägäis haarsträubende Abenteuer. Absolut kultverdächtig!"

ESELSOHR – Fachzeitschrift für Kinder- und Jugendmedien